오직 나를 위한 하루

__ 일러두기

1. 본문은 가능한 한 원문 그대로 실었으나, 가독성을 해치는 경우 독자의 이해를 돕기 위해서 현대의 한글 표기법을 따랐습니다.
2. 잡지와 신문, 장편의 제목은 《 》으로 표기했으며, 단편과 시, 영화, 그림의 제목은 < >으로 표기했습니다.
3. 본문 중 내용 이해가 어려운 경우 괄호 속에 현대어를 함께 풀어서 사용하였습니다.

오직 나를 위한 하루

이상·백석·이효석 외

지친 몸과 마음을 다독여주는 따뜻한 위로의 문장들

루이앤휴잇

우리 문학의 큰 별들이
휴가지에서 보내온 따뜻한 위로의 문장들

여름이다. 여름은 초록의 계절이다. 작고 귀여운 연노란 새싹을 틔우며 숨 가쁘게 봄을 달려온 나무며, 꽃, 바다의 색이 한층 더 푸르고 진해진다. 뭔가 젊고 싱그러워진 느낌이랄까. 어떤 시인은 그것을 가리켜 자신을 유혹하는 계절의 몸짓이라며, 여름을 '활황(活況, 활기가 있는 상황)'의 계절이라고 말하기도 했다. 그 말마따나 여름이 되면 마치 살아 있는 생물처럼 세상의 모든 것이 바삐 움직인다. 글쓰기를 업으로 하는 문인들 역시 마찬가지다. 어디를 가든지 수많은 소재가 널려 있다 보니 그것을 엮어서 글로 써내느라 여념이 없다.

여름은 혹서(酷暑, 몹시 심한 더위)의 계절이기도 하다. 한창 숨 가쁘게 달려왔으니, 잠시 쉬라는 자연의 사인이라도 되는 걸까. 많은 이들이 이맘때면 무더위를 피해 각자의 기호에 맞는 곳으로 피서(시원한 곳으로 옮겨 더위를 피함)를 떠나곤 한다. 그 대부분은 바다 혹은 산이다. '피서'라는 말 그대로 더위를 피하기에는 그만한 곳이 없기 때문이다.

백석, 이상, 이효석, 김기림, 이태준 같은 우리 문학의 큰 별들은 과연 피서를 어떻게 보내고, 작품 속에 그것을 어떻게 담았을까.

1930년대 최고의 피서지는 바다나 산이 아닌 '한강'이었다. 이는 가장 많은 사람이 살던 서울 한복판에 한강이 흐르던 탓도 있었지만, 그때까지만 해도 전국에 제대로 된 해수욕장이 없었기 때문이기도 하다.

사실 우리나라 해수욕장 대부분은 일제강점기인 1930년대 처음 개장되었다. 그러니 그 이전까지는 '해수욕'이라는 말조차 없었다고 해도 과언이 아니다. 그 때문에 그 시절 문인들의 작품을 보면 해수욕이 아닌 피서라는 말로 이를 대신하고 있다. 그러다가 1930년대 들어 전국적으로 해수욕장이 본격적으로 개발되면서 처녀지와도 같았던 바다로의 피서가 본격적으로 시작되었고, 문인들 역시 그 즐거움과 추억을 작품 속에 가득 담았다.

바다 냄새를 맡으며 먼 하늘을 우러러보면서 유구(悠久, 아득하게 오래됨)한 것을 느끼고 있으면 이 조그만 육체 안에도 우주가 숨어 있음을 깨닫습니다. 바다 뒤에는 바로 길 하나를 격하고는 산이 솟아서 길바닥에는 해당화가 되었고, 산허리 풀밭에서는 벌레 소리가 흘러와서 요란한 속에서도 고요히 정회를 자아냅니다.

— 이효석, 〈해초 향기 품은 청춘 통신〉 중에서

해수욕장에 다다르니 마침 여러 사람이 나와서 목욕을 하는데 남녀노유(男女老幼, 남녀노소)가 한데 섞여서 활발하게 수영도 하고 유희도 한다. 혼자 온 것은 나 하나뿐이다. 나는 그들이 목욕하는 데서 조금 떨어져서 바다에 들어가 실컷 뛰고 놀았다. 여간 상쾌하지 않았다. 조금 쉬기 위하여 밖으로 나와서 모래 위에 앉았다.

—한용운, 〈명사십리〉 중에서

예나 지금이나 작가의 글을 통해서 느껴지는 감성은 그대로지만, 피서지의 풍경은 우리가 알고 있는 것과 자못 다르다. 80여 년이라는 간극이 그대로 느껴지는 대목이기도 하다. 예를 들면, 최서해의 〈해운대〉의 경우 '푸른 논밭을 끼고 있다'라고 표현되어 있는가 하면, 채만식의 〈백마강의 뱃놀이〉는 배를 이용해서 강경에서 부여를 거쳐 공주에 이르는 여정이 곰살궂고 느직하게 나타나 있어 독자로 하여금 입가에 흐뭇한 웃음을 짓게 한다.

이 책은 이상, 백석, 이효석, 김기림 등 우리 문학을 빛낸 스무 명의 작가의 휴식에 관한 이야기와 그 숨겨진 이야기를 담고 있다. 이에 잘 익은 복숭아 향기처럼 달콤하고, 쪽빛 바다의 파도 소리처럼 시원한 스물두 편의 느릿하고 곰살궂은 이야기가 파노라마처럼 연이어서 펼쳐진다. 특히 〈메밀꽃 필 무렵〉의 작가 이효석이 1937년 7월 30일~8월 8일까지 총 4회에 걸쳐 《동아일보》에 연재한 〈피서지 통신(각각 제목은 별도로 있음)〉의 경우, 그 특유의 정겹고 사실적인 묘사를 통해 한 편의 잘 써진 시처럼 피서지의 풍경과 작가의 서정을 조화롭게 표현하고 있다. 그 외에도 향토색 짙은 토속어를 통해 동해에 대한 추억과 그리움을 표현한 백석의 〈동해〉, 태어나서 처음 경험한 산촌의 한가한 여름을 감수성 짙은 시어로 쓴 이상의 〈산촌여정〉, 1930년대 한국 모더니즘 문학의 대부로 새로운 문학을 주창했던 김기림의 〈주을온천행〉, 명사십리 해수욕장에 놀러 갔던 내용을 기행문 형식으로 기록한 한용운의 〈명사십리〉 등 지금은 잊어버린 추억 속의 여름과 피서지의 정경이 진한 향수와 그리움을 끌어낸다.

그들에게 있어서 휴식은 단순히 쉬는 것만이 아닌 자신과 자신의 삶을 되돌아보는 매우 소중한 시간이자 새로운 도약의 기회이기도 했다. 이에 조용한 곳을 찾아 삶을 재충전하고, 자신을 위로하며, 새로운 각오를 다졌다. 나아가 날카로운 촉수와 뛰어난 감각을 총동원해 이를 글로 남겼다.

그런 점에서 이번 휴가에는 우리 문단을 빛낸 스무 명의 큰 별과 더불어 그들이 걸었던 추억 속의 바다와 숲을 함께 거닐며 모처럼 느긋한 삶을 즐겨보는 건 어떨까. 곰살궂고 느긋한 그들의 이야기를 듣노라면 지친 몸과 마음이 조금은 편안해질 것이다. 문인이 아닌 삶의 선배로서 삶의 요소요소에서 건져 올린 생생한 위로와 응원의 문장은 보너스다.

"세상의 모든 걱정을 깨끗이 잊고, 오직 나를 위해 그 하루를 사는 것이오. 나를 위해 사는 그 하루는 얼마나 행복한 하루겠소."

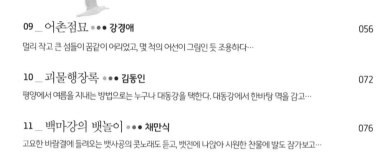

Part 2 새벽하늘에는 별이 총총히 빛나고

바닷가에 왔드니

바다와 같이 당신이 생각만 나는구려

바다와 같이 당신을 사랑하고만 싶구려

구붓하고 모래톱을 오르면

당신이 앞선 것만 같구려

당신이 뒤선 것만 같구려

그리고 지중지중 물가를 거닐면

당신이 이야기를 하는 것만 같구려

당신이 이야기를 끊는 것만 같구려

바닷가는

개지꽃(나팔꽃의 평안도 방언)에 개지 아니 나오고

고기비눌에 하이얀 햇볕만 쇠리쇠리하야(눈이 부셔)

어쩐지 쓸쓸만 하구려, 섧기만 하구려.

___ 백 석, 〈바다〉

바다 냄새를 맡으며
먼 하늘을 우러러보면

동해

_백 석

　동해여, 오늘 밤은 이렇게 무더워 나는 맥고모자(밀짚모자)를 쓰고 삐루(맥주)를 마시고 거리를 거닙네. 맥고모자를 쓰고 삐루를 마시고 거리를 거닐면 어데서 닉닉한('느끼하다'란 뜻의 평안북도 방언) 비릿한 짠물 내음새(냄새) 풍겨 오는데, 동해여 아마 이것은 그대의 바윗등에 모래장변(널따란 모래벌판)의 날미역이 한 불 널린 탓인가 본데, 미역 널린 곳엔 방게(바위겟과의 게)가 어성기는가, 도요(도요새)가 씨양씨양(시끌시끌. 요란한 소리로 떠드는 모양) 우는가, 안마을 처녀가 누구를 기다리고 섰는가, 또 나와 같이 이 밤이 무더워서 소주에 취한 사람이 기웃들이(비스듬히) 누웠는가. 분명히 이것은 날미역의 내음새인데 오늘 낮 물기가 쳐서 물가에 미역이 많이 떠들어 온 것이겠지.

이렇게 맥고모자를 쓰고 삐루를 마시고 날미역 내음새 맡으면 동해여, 나는 그대의 조개가 되고 싶읍네. 어려서는 꽃조개가, 자라서는 명주조개가, 늙어서는 강에지조개(강아지조개. 바닷물조개의 종류)가, 기운이 나면 혀를 빼어 물고 물속 십 리를 단숨에 날고 싶읍네. 달이 밝은 밤엔 해정한(고요한) 모래장변에서 달바라기(달맞이)를 하고 싶읍네. 궂은 비 부슬거리는 저녁엔 물 위를 떠서 애원성(안타까운 마음을 담아 부르던 노래)이나 부르고, 그리고 햇살이 간지럽게 따뜻한 아침엔 이남박(함지박의 종류) 같은 물 바닥을 오르락내리락하고 놀고 싶읍네. 그리고, 그리고 내가 정말 조개가 되고 싶은 것은 잔잔한 물밑 보드라운 세모래(가는 모래) 속에 누워서 나를 쑤시러 오는 어여쁜 처녀들의 발뒤꿈치나 쓰다듬고 손길이나 붙잡고 놀고 싶은 탓입네.

동해여! 이렇게 맥고모자를 쓰고 삐루를 마시고 조개가 되고 싶어 하는 심사를 알 친구가 하나 있는데, 이는 밤이면 그대의 작은 섬—사람 없는 섬이나 또 어느 외진 바위 판에 떼로 몰려 올라서는 눕고 앉았고, 모두들 세상 이야기를 하고 지껄이고 잠이 들고 하는 물개들입네. 물에 살아도 숨은 물밖에 대고 쉬는 양반이고, 죽을 때엔 물 밑에 가라앉아 바윗돌을 붙들고 절개 있게 죽는 선비이고, 또 때로는 갈매기를 따르며 노는 활량(한량)인데 나는 이 친구가 좋아서 칠월이 오기 바쁘게 그대한테로 가야하겠습네.

이렇게 맥고모자를 쓰고 삐루를 마시고 친구를 생각하기는 그대의 언제나 자랑하는 털게에 청포채(녹두묵을 채 썰어서 양념에 버무린 음식)를 무친 맛나는 안주 탓인데, 정말이지 그대도 잘 아는 함경도 함흥 만세교 다리 밑에 임이 오는 털게 맛에 해가우손이(해 가리개. 차양)를 치고 사는 사람입네. 하기야 또 내가 친하기로야 가재미가 빠질겝네(빠지지 않네). 회국수에 들어 일미이고 식혜에 들어 절미지. 하기야 또 버들개(버들치) 봉구이(붕어구이)가 좀 좋은가. 횟대 생선 된장지짐이는 어떻고. 명태곯국, 해삼탕, 도미회, 은어젓이 다 그대 자랑감이지 그리고 한 가지 그대나 나밖에 모를 것이지만 공미리(학꽁치)는 아랫주둥이가 길고 꽁치는 윗주둥이가 길지. 이것은 크게 할 말 아니지만 산뜻한 청삿자리(푸른 왕골로 짠 삿자리) 위에서 전복회를 놓고 함소주(상자째 갖다 두고 마시는 소주) 잔을 거듭하는 맛은 신선 아니면 모를 일이지.

이렇게 맥고모자를 쓰고 삐루를 마시고 전복에 해삼을 생각하면 또 생각나는 것이 있습네. 칠팔 월이면 으레히 오는 노랑 바탕에 까만 등을 단 제주 배 말입네. 제주 배만 오면 그대네 물가엔 말이 많아지지. 제주 배 아즈맹이(아주머니) 몸집이 절구통 같다는 둥, 제주 배 아뱅(아버지)인 조밥에 소금만 먹는다는 둥, 제주 배 아즈맹이 언제 어느 모롱고지(모롱이. 산모퉁이의 휘어 눌린 곳) 이슥한 바위 뒤에서 혼자 해삼을 따다가 무슨 일이 있었다는 둥… 참 말이 많지. 제주 배 들면 그대네 마을이 반갑고 제주 배 나면 서운하지. 아이들은 제주 배를 물가를 돌아 따르고 나귀는 산등성에서 눈을 들어 따르지. 이번 칠월 그대한테로 가선 제주 배에 올라 제주 색시 하고 살렵네.

내가 이렇게 맥고모자를 쓰고 삐루를 마시고 제주 색시를 생각해도 미역 내음새에 내 마음이 가는 곳이 있습네. 조개껍질(조개껍데기)이 나이금(나이테 또는 연륜)을 먹는 물살에 낱낱이 키가 자라는 처녀 하나가 나를 무척 생각하는 일과, 그대 가까이 송진 내음새 나는 집에 아내를 잃고 슬피 사는 사람 하나가 있는 것과, 그리고 그 영어를 잘하는 총명한 4년생 금이가 그대네 홍원군(함경남도 동해안 중부에 있는 군) 홍원면 동상리에서 난 것도 생각하는 것입네.

__1938년 6월 7일 《동아일보》

__ 백 석
19세의 나이로 《조선일보》에 단편소설 <그 모(母)와 아들>을 발표하면서 문단에 데뷔하였다. 방언을 즐겨 쓰면서도 모더니즘을 발전적으로 수용한 시를 주로 발표하였다. 지방적·민속적인 것에 집착하며 특이한 경지를 개척하는 데 성공했다. 주요 작품으로 시집 《사슴》, 《고향》 등이 있다.

명사십리

__ 한용운

경성역의 기적 일성(一聲), 모든 방면으로 시끄럽고 성가시던 경성을 뒤로 두고 동양에서 유명한 해수욕장인 명사십리(明沙十里, 함경남도 원산 갈마반도 남동쪽 바닷가에 있는 백사장)를 향하여 떠나게 된 것은 8월 5일 오전 8시 50분이었다.

차중(車中, 차내)은 승객의 복잡으로 인하여 주위의 공기가 불결하고, 더위도 비교적 너하여 모든 사람은 벌써 우울을 느낀다. 그러나 증염(蒸炎, 더위), 열뇨(熱鬧, 많은 사람이 모여서 떠들썩함), 번민(煩悶), 고뇌(苦惱) 등등의 도회를 떠나서 만 리 창명(滄溟, 큰 바다)의 서늘한 맛을 한주먹으로 움킬 수 있는 천하 명구(名區, 이름난 지역)의 명사십리로 해수욕을 가는 나로서는 보일보(步一步, 한 걸음 한 걸음) 기차의 속력을 따라서 일선의 정감이 동해에 가득히 실린 무량(無量, 정도를 헤아릴 수 없을 만큼 많음)한 양미(凉味, 서늘한 맛)를 통하여 각

일각(刻一刻, 시시각각으로) 접근하여지므로 그다지 열뇌(熱惱, 몹시 심한 고뇌)를 느끼지 아니하였다.

그러면 천산만수(千山萬水, '천 개의 산과 만 개의 내'라는 뜻으로, 많은 산과 여러 갈래의 많은 시내를 이르는 말)를 격(隔, 칸막이)하여 있는 천애(天涯, 아득히 멀리 떨어져 있는 곳을 비유적으로 이르는 말)의 양미를 취하려는 미래의 공상으로 차중(車中)의 현실, 즉 열뇌를 정복하는 것이 아닌가. 이것이 이른바 일체유심(一切唯心, '세상사 모든 일은 마음먹기에 달려 있다'는 말)이다. 만일 이것이 유심의 표현이 아니라면 유물의 반현(反現, 반대되는 현상)이라고 할는지도 모른다.

나는 갈마역에서 명사십리로 갔다. 명사십리는 문자와 같이 가늘고 흰 모래가 소만(小灣, 육지에 쏙 들어온 좁고 긴 만)을 연(沿, 따름)하여 약 10리를 평포(平鋪, 평평하게 펴 놓음)하고, 만내(灣內)에는 참차부제(參差不齊, 길고 짧거나 들쭉날쭉하여 가지런하지 않음)한 대여섯의 작은 섬이 점점이 놓여 있어서 풍경이 명미(明媚, 곱고 수려함)하고 조망이 극가(極佳, 매우 아름다움)하며, 욕장은 해안으로부터 약 5, 60보 거리, 수심은 대개 균등하여 4척 내외에 불과하고, 동해에는 조석(밀물과 썰물을 통틀어 이르는 말)의 출입이 거의 없으므로, 모든 점으로 보아 해수욕장으로는 이상적이다.

해안 남쪽에는 서양인의 별장 수십 호가 있는데, 해수욕의 절기에는 조선 내에 있는 사람은 물론 동경, 상해, 북경 등지에 있는 사람들까지 와서 피서를 한다 하니 그로만 미루어 보더라도 명사십리가 얼마나 명구인 것을 알 수 있다. 허락지 않는 다소의 사정을 불고(不告, 알리지 않음)하고, 반 천리(半千里, 500리)의 산하를 일기(一氣, 한 호흡)로 답파하여 만부일적(萬夫一的)

단순한 해수욕만을 위하여 온 나로서는 명사십리의 수려한 풍물과 해수욕장의 이상적 천자(天姿, 타고난 용모 또는 맵시)에 만족하지 아니할 수 없었다.

나는 목적이 해수욕인지라 옷을 벗고 바다로 들어갔다. 그 상쾌한 것은 말로 형언할 바 아니다. 얼마든지 오래 하고 싶었지마는 욕의(浴衣, 수영복)를 입지 아니한지라 나체로 입욕함은 욕장의 예의상 불가하므로 땀만 대강 씻고 나와서 모래 위에 앉았다가 돌아오니, 김 군이 욕의와 기타 물건을 사 가지고 돌아와서 나를 기다리고 있었다.

7일 아침, 다섯 시에 일어나 보니 일기가 흐리었다.

7시경부터 비가 오기 시작하였으나 계속적으로 오는 것이 대단치 아니하였다. 아침밥을 먹고 나서 바다에 갈 욕심으로 비가 개기를 기다렸으나 좀처럼 개이지 않는다.

11시경 비가 조금 멈추기에 해수욕하는 데는 비를 맞아도 관계치 않겠다는 생각으로 나섰다. 그러나 얼마 아니 가서 비가 쏟아지는데 할 수 없이 쫓기어 들어왔다. 신문이 왔기에 대강 보고 나니 원산의 오포(吾砲 오정포. 즉, 낮 열두 시를 알리는 대포) 소리가 들린다.

시계를 교정하여 가지고 나서니 비가 개기 시작한다. 맨발에 짚신을 신고, 노동모를 쓰고 나섰다. 진길(물이 섞여 질퍽한 길)에 짚신이 붙어서 단단하여지매 발이 아프다. 짚신을 벗어 들고 맨발로 가는데, 비가 그쳐서 길이 반은 물이요, 반은 흙이다. 맨발로 밟기에 자연스러운 쾌감을 얻었다. 더구나 명사십리에 들어서서 가늘고 보드라운 모래를 밟기에는 너무도

다정스러워서 맨발이 둘뿐인 것에 부족하였다.

해수욕장에 다다르니 마침 여러 사람이 나와서 목욕을 하는데 남녀노유(男女老幼, 남녀노소)가 한데 섞여서 활발하게 수영도 하고 유희(즐겁게 놀며 장난함. 또는 그런 행위)도 한다. 혼자 온 것은 나 하나뿐이다. 나는 그들이 목욕하는 데서 조금 떨어져서 바다에 들어가 실컷 뛰고 놀았다. 여간 상쾌하지 않았다. 조금 쉬기 위하여 밖으로 나와서 모래 위에 앉았다. 이때 모든 것은 신청(新晴, 오랫동안 오던 비가 멎고 말끔히 갬)의 상징뿐이다.

쪽같이 푸른 바다는
잔잔하면서 움직인다.
돌아오는 돛대들은
개인 빛을 배불리 받아서
젖은 돛폭을 쪼이면서
가벼웁게 돌아온다.
걷히는 구름을 따라서
여기저기 나타나는
조그만씩 한 바다 하늘은
어찌도 그리 푸르냐.
멀고 가깝고 작고 큰 섬들은
어디로 날아가려느냐.
발적여 디디고 오똑 서서

쫓다 잡을 수가 없고나.

　얼마 동안 앉았다가 다시 바다로 들어가서 할 줄 모르는 헤엄도 쳐 보
고 머리를 물속에 거꾸로 잠가도 보고 마음 나는 대로 활발하게 놀았다.
다시 나와서 몸을 사안(沙岸, 모래 언덕)에 의지하고 발을 물에 담갔다.

　　모래를 파서 샘을 만드니
　　샘 위에는 뫼가 된다.
　　어여쁜 물결은
　　소리도 없이 가만히 와서
　　한 손으로 샘을 메우고
　　또 한 손으로 뫼를 짓는다.

　　모래를 모아 뫼를 만드니
　　뫼 아래에 샘이 된다
　　짓궂은 물결은
　　햇죽햇죽(해죽해죽) 웃으면서
　　한 발로 뫼를 차고
　　한 발로 샘을 짓는다.

　다시 목욕을 하고 나서 맨발로 모래를 갈면서 배회하는데, 석양이 가

까워진 탓에 저녁놀이 물들기 시작한다. 산 그림자는 어촌의 작은 집들에 따뜻이 쪼이는데, 바닷물은 푸르러서 돌아오는 돛대를 물들인다. 흰 고기는 누워서 뛰고 갈매기는 옆으로 난다. 목욕하는 사람들의 말소리는 높아지고, 저녁연기를 지음친(사이에 둠) 나무 빛은 옅어진다. 나도 석양을 따라서 돌아왔다.

9일은 우편국(우체국)에 소관(所關, 관계 되는바)이 있어서 원산에 갔다. 볼일을 보고 송도원에 갔다. 천연의 풍물로 말하면 명사십리와 비교가 아니 되나 해수욕장으로서의 시설은 비교적 상당하다. 해수욕을 잠깐 하고 음식점에 가서 점심을 먹고 송림(松林) 사이에서 조금 배회하다가 다시 원산을 경유하여 여사(旅舍, 여관)에 돌아와 조금 쉬고 명사십리에 가서 또 해수욕을 하였다. 그러나 행보(行步, 일정한 목적지까지 걸어서 가거나 다녀옴)를 한 까닭인지 조금 피로한 듯하여 곧 돌아왔다.

10일엔 신문이 오기를 기다리고 나니 11시 반이 되었다. 곧 해수욕장으로 나가서 목욕을 하고 사장에 누웠으니, 풍일(風日, 바람과 볕이라는 뜻으로, '날씨'를 이르는 말)이 아름답고, 바다는 작은 물결이 움직인다. 발을 모래에다 묻었다가 파내고, 파내었다가 다시 묻으며, 손가락으로 아무 구상이나 목적 없이 함부로 모래를 긋다가 손바닥으로 지워 버리고 다시 긋는다. 그리하다가 홀연히 명상(瞑想)에 들었다. 멀리 날아오는 해조(海鳥, 바닷새)의 소리가 나를 깨웠다.

어여쁜 바닷새야

너 어디로 날아오나.

공중의 어느 곳이

너의 길이 아니련만,

길이라 다 못 오리라.

잠든 나를 깨워라.

갈매기 가는 곳에

나도 같이 가고지고.

가다가 못 가거든

달 아래서 자고 가자.

둘의 꿈 깊은 때야

너나 내나 다르리.

해수욕장에 범선(帆船, 돛단배)이 하나 떠었다.

그 배 밑에 가서,

"이게 무슨 배요?"

선인(船人, 선원)들이,

"애들 놀잇배요."

"그러면 이것이 아무개의 배요?"

"아니요, 다른 사람의 배요."

나는 배에 올라가서 자세히 물은즉, 그 배는 해수욕하는 데 소용되는 배인데, 배에 올라가서 물에 뛰어 내리기도 하고 혹은 그 배를 타고 선유(船遊, 뱃놀이)도 하는 배다. 1개월 95원을 받고 삯을 파는 배로 매일 오전 9시경에 와서 오후 5시에 가는데, 선원은 다섯 사람이라 한다. 95원을 5인에 분배하면 매일 매일 60여 전인데, 그중에서 선세(船貰, 배를 빌리는데 지급하는 비용)를 제하면 대단히 박한 임금이다. 여기에서 그들의 생활난을 볼 수 있다.

오후 4시경에 여사에 돌아왔다.

11일 상오(上午, 오전) 11시경에 해수욕장으로 나오는데, 그 동리 뒤 솔밭 속에 있는 참외 막 아래에 서너 사람의 부로(父老, 한 동네에서 나이가 많은 남자 어른을 높여 이르는 말)들이 앉아서 바람을 쐬며 이야기를 한다. 나도 그 자리에 참례(참여함)하였다. 이날이 마침 음력으로 칠석(七夕)날이므로 견우성이 장가를 드느니, 직녀성이 시집을 가느니 하였다. 나는 칠석에 대한 토속(土俗, 그 지방의 특유한 풍속)을 물었는데 별로 지적하여 말할 것이 없다고 한다.

__ 1941년 5월 30일 《반도산하 / 삼천리 刊》

__ 한용운

민족대표 33인 중 불교계 대표로 3.1 독립선언을 이끌었다. 시집 《님의 침묵》을 출판하여 문학을 통한 저항운동에 앞장섰으며, 일제 치하 어용의 길을 걷던 무능한 조선 불교를 개혁하는 등 불교의 현실참여를 주장하였다. 주요 저서로 《조선불교유신론》, 《님의 침묵》 등이 있다.

피서지의 하루

__이태준

바다에 나가는 길에 철봉에 매달리었다. 보는 사람이 없어 마음 놓고 턱걸이를 대여섯 번 해보았다. 그러나 철봉 위에 채 오르지도 못하고 교수대에 매달린 사형수마냥 긴 사지가 늘어지고 말았다. 그 모습을 누가 봤다면 픽—웃었을 것이다.

하늘도 바다와 육지처럼 반이 갈리었다 진다.

정자로 올라가지 습자(習字, 붓글씨를 연습하는 일) 교원(教員, 학생을 가르치는 사람. 즉, 교사)밖에는 안 되는 해강(海岡, 서화가 김규진의 호)의 글씨가 정면에 걸려 있고, 촌마을 접장들의 총석찬(叢石贊, 업적을 자랑하기 위해 총총하게 세운 바윗돌)이 난잡하게 자리를 다투어 걸린 것이 적이 불쾌하였다.

정자에 앉으니 극지에서 날아온 듯한 내풍(耐風, 세게 부는 바람에도 잘 견디어 냄) 눈도 끝없이 멀어진다. 바른 편으로 외금강의 위용이 아득히 떠오를 뿐, 동북간은 막막한 물나라 동해지동경무동감(東海之東更無東感, 동해의 동녘에서 동해를 느낄 수 없음)이 불무(不無, 없지 않음)하다.

동해의 파도는 모두 이곳에 몰려드는 듯. 그러나 엄연(儼然, 의젓하고 점잖음) 부동하는 총석(총총하게 서 있는 바윗돌)의 기착(부동자세 차려를 뜻하는 말) 자세는 군국정신을 고쳐시키기 좋은 배경이다. 경치로 즐기기엔 좀 무시무시하다.

여섯 시 차로 돌아오다.

__ 1936년 9월 《여성》

__ 이태준

근대를 대표하는 단편소설 작가. 특히 단편소설의 서정성을 높여 예술적 완성도와 깊이를 높였다는 평가를 받고 있다. 구인회에 가담하였고, 이화여전 강사와 《조선중앙일보》 학예부장 등을 역임하였다. 주요 작품으로 수필집 《무서록》과 문장론 《문장강화》 및 다수의 소설이 있다.

해운대

__ 최서해

    자동차에서 내린 나는 해운루 문전(門前, 문의 앞쪽)에서 한참 망설이다가 해안을 향해 발을 옮겼다. 때는 오후 5시 반. 여섯 시 반에 해운루 앞에서 만나기로 한 김 군은 자전거로 벌써 와서 해안으로 통하는 길옆 어떤 일본 집에서 기다리고 있었다.

    나는 그가 기다리는 곳을 돌아보면서 그가 인도하는 대로 따라 나갔다. 온천이든시 놀이터의 시설은 별로 보잘것없었으나, 청산과 바닷소리만은 시들은 마음을 살리고도 남았다.

    푸른 논을 지나 백사장에 들어섰다. 날씨가 흐리고, 바람이 고약하다 보니, 물살이 한껏 더 거칠었다. 그 때문에 해수욕하는 사람들을 찾아볼 수 없어 쓸쓸했다.

    물결이 물결을 밀고 들어와 하얀 거품을 지우고 사서(沙緖, 모래 위)에 쭉 퍼졌다가 도로 밀려들어가는 것이 바닷가에서 나서 바닷가에서 이십 년이나 자란 내게는 그리 신기할 것은 없었다. 그러나 망망 수평에 눈을 던질 때의 상쾌한 맛은 걷잡을 수 없었다.

해운대 끝에 흐트러진 오륙도를 바라보고, 멀리 수평선 끝으로 그림같이 떠 있는 고범(孤帆, 외롭게 떠 있는 배)을 볼 때 성진(城津)의 망양정(望洋亭, 함경북도 성진에 있는 정자)이 문득 생각났다.

산천도 인물과 다름없다. 시대와 환경을 잘 만나야 그 이름이 사람들의 이야깃거리가 되는 것이다. 우리가 동정호(洞庭湖, 중국의 담수호 중 두 번째로 큰 호수)와 아미산(峨眉山, 중국의 4대 불교 명산 중 하나)을 대동강이나 금강산보다 더 동경하는 것 역시 그 때문이다. 성진의 자랑이요, 명승지인 망양정도 교통이 좋은 곳에 있었다면 해운대보다 나으면 나았지 못하지 않았을 것이다. 암만 봐도 내 눈에 비치는 해운대는 망양정에 비길 수 없다. 그러나 오래 두고 동경하던 곳을 처음 밟게 되고 타관(他官, 자기 고향이 아닌 고장. 즉, 타향)에 유리(流離, 일정한 집과 직업이 없이 이곳저곳으로 떠돌아다님)하여 칠팔 년이나 멀어졌던 바다를 보니 자연 가슴에 넘치는 흥감(興感, 흥겨운 느낌)을 이길 수 없다. 백사장에 옷을 훌훌 벗어 버리고 창랑(滄浪, 넓고 큰 바다의 맑고 푸른 물결)에 첨버덩(큰 물체가 깊은 물에 거세게 부딪치거나 잠기는 소리. 또는 그 모양) 뛰어들어 발로 밀고 팔로 끌어당기면서 이 몸을 물 위에 범범히(泛泛一, 꼼꼼하지 아니하고 데면데면히) 띄웠으면 얼마나 좋으랴만, 일기(日氣, 날씨)가 쌀쌀한 데다 병든 몸이 되니 그것도 자유롭지 못하다.

모래 위에 늘어놓은 어망(물고기를 잡는 데 쓰는 그물)과 후릿배(2~3명이 타고서 전어를 잡는 작은 배) 사이를 지나 해운대 아래에 산재한 바위 위에 궁둥이를 붙였다.

온천장 남쪽 바닷가에 머리를 바다에 잠그고 봉긋이 솟아 있는 조그마한 뫼가 있다. 청초(靑草, 싱싱하고 푸른 풀)에 온몸을 감싸고 군데군데 어린 솔이 어설프게 자라서 그리 기관(奇觀, 빼어난 모습)은 아니지만, 어디 내놓아도 빠진 데 없이 복스럽게는 보인다. 이 뫼가 바로 이름 높은 해운대다. 옛적, 최해운(崔海雲, 신라의 문장가 최치원)이 이곳에 대(臺, 흙이나 돌 따위로 높이 쌓아 올려 사방을 바라볼 수 있게 만든 곳)를 짓고 자신의 아호를 따서 해운대라고 명명한 것이 지금은 이곳의 명사(名詞, 이름)가 되었다고 전한다. 그 남쪽으로 멀리 보이는 바다 가운데 책상머리에 집어다가 놓기 좋을 만큼 보이는 작은 섬 여섯 개가 있다. 그것이 부산에서 보면 다섯 개이고, 여기서 보면 여섯 개이며, 또 어떨 때는 운무에 그중 작은 섬이 묻히면 다섯 개만 보이는 까닭에 그 이름이 오륙도라 한다.

남이야 죽든지 살든지 산수 간에 잠겨 홀로 시를 지으며 세월을 보낸 해운의 생애가 어찌 생각하면 게을러 보이고 밉기도 하지만, 온천에 몸을 씻고 청풍에 옷소매를 날리면서 앞으로 연파묘망(煙波渺茫, 안개나 연기가 자욱하게 긴 끝없는 수면)한 바다를 바라보고, 뒤로는 청산을 우러러 마음껏 맛보던 그 청악(淸樂, 청렴을 지향하는 삶)이 부럽기도 하다.

김 군에게서 들으니, 연전(年前, 몇 해 전)에 어떤 일본 남녀가 동래온정(東萊溫井)에서 며칠 묵고 지금 우리가 앉아 있는 이곳에 와서 정사(情死, 서로 사랑하는 남녀가 그 뜻을 이루지 못하여 함께 자살하는 일)를 하였다고 한다. 과연 그것이 정사든지, 그렇다면 그 동기가 나변(那邊, 어느 곳 또는 어디)에 있는 것을 구태여 알려고 애쓸 바 아니건만, 어쩐지 그 사실이 내 가슴을 꾹꾹 찌른다. 정열에 불타오르는 두 청춘이 뜨거운 가슴을 부둥켜안고 양양한 푸른 물에 풍덩실 몸을 던질 때 그 가슴은 어떠하였을까. 바위에 부딪히고 바위틈 사이에 밀려들어 흰 꽃을 이루는 이 물결은 그때도 있었으련만 지금은 말없이 들락날락할 뿐이니, 그 비밀을 알 사람이 뉘 있으랴.

우리는 저녁을 먹으려고 마을로 돌아왔다. 흐렸던 날씨가 서쪽 하늘부터 방긋 개었다. 뉘엿뉘엿 서산으로 넘어가던 해는 바다와 청산에 붉은 빛을 던졌다. 사양(석양)에 빗겨 흐르는 어촌의 밥 짓는 연기는 정산의 밑동을 살짝 가리고 멀리 수평선 안개 위에 꿈같이 떠 있는 고범(외로운 배)은 오륙도 사이로 돌아든다. 만산풍광일범중(滿山風光一帆中)은 바로 이런 풍경을 읊은 시던가. 해면에 흐르던 안개는 오륙도의 허리를 잠그고 다시 슬금슬금 기어오르더니 해운대의 밑동을 싸고 흐른다.

해는 넘어갔다.

흐린 하늘에 두서너 개의 별만 가물가물할 뿐, 바다와 섬과 산은 황혼 속에 잠겼다. 고요한 어촌의 한두 개 어화(漁火, 고기잡이하는 배에 켜는 등불이나 횃불)가 반짝거리는데, 옷소매를 날리는 바람소리와 은은한 바닷소리만 의연하다.

해운대의 진경(珍景, 진귀한 경치나 구경거리)은 청랑(淸朗, 맑고 명랑함)한 달밤에 있다 하나, 나는 그것을 볼 행운을 못 가졌다. 오늘 구(舊, 음력) 7월 17일,

정히(진정으로 꼭) 달 보기 좋은 때다. 그러나 날이 흐려서 맑은 달빛을 볼 수 없었다.

저녁 후 온천에 몸을 씻고 서늘한 해풍을 받으면서 컴컴한 길을 더듬어 해변으로 나오니 상쾌하기 그지없다.

동래에서 해수욕 온 일파(무리)가 해변에 천막을 치고 노영(露營, 야영)을 한다. 김 군의 소개와 그들의 후의(厚意, 남에게 두터이 인정을 베푸는 마음)로 우리도 그 천막에서 밤을 새우기로 하였다. 그러나 모기가 어찌나 심한지 앉아서 견딜 수 없다. 각자 거적(짚을 두툼하게 엮거나, 새끼로 날을 하여 짚으로 쳐서 자리처럼 만든 물건)자리를 끌고 불빛을 피해 사서(沙緖, 모래사장)로 나갔으나, 거기도 모기가 달라붙는다. 모기장 밖에서 앵앵거리는 모깃소리에는 신경이 떡금떡금(신경 따위가 날카롭게 긴장되는 모양)하는 나는 견딜 수 없었다. 김 군과 함께 물에 밀려 나온 마른 해초를 집어다가 불을 살라 연기를 피웠으나, 그것도 소용없다. 홧김에 일어서 돌아다니면서 밤을 새우기로 하였다. 모기 덕분에 잠을 못 자니 해운대의 밤 풍경은 싫도록 보게 되었구나 하고 김 군과 둘이 크게 웃었다.

달이 솟는다. 등 바다 위에 험한 산같이 척 가린 검은 구름 봉오리 넘어서 달은 우리를 방긋이 넘겨다본다. 아담한 소녀가 무대의 장막을 방긋이 열고 나타나듯이 구름이 점점 밀려남에 따라 달은 뚜렷이 나타났다.

좋다— 소리와 같이 장단 소리 청아한 여창(女唱, 여자가 부르는 노래)이 해변에서 일어났다.

거무칙칙하던 바다에는 굵은 은파(銀波, 달빛에 비처 은백색으로 보이는 물결을 아

름답게 이르는 말)가 일렁거린다. 바로 우리가 앉은 앞으로부터 저편 달 아래
바다까지 수정렴(水晶簾. 수정 구슬을 꿰어 꾸민 아름다운 발)이라도 늘인 듯이 일
자(一字)로 아글자글(아글바글의 잘못. 액체가 몹시 끓어오르는 모양) 끓는 물결! 엷은
밤안개에 잠긴 청산! 모두 그럴듯한 맛이 있다. 내게 만일 시재(詩才. 시를 짓
는 재주)가 있었던들 이 좋은 미경(美景. 아름다운 경치)을 어찌 그저 두었으랴.
이때를 당하여 시 쓰는 벗들이 간절히 생각난다.

　흐르는 구름에 달은 자태를 다시 감추었다. 강산은 다시 으슥한 속에
잠겼다. 구름이 지나 달이 다시 나타날 때면 청산과 바다는 의연히 빛난
다. 그러나 밤이 깊어서는 구름이 온 하늘을 차지하여 달을 볼 수 없었다.
후리(후릿그물. 강이나 바다에 넓게 둘러치고 여러 사람이 두 끝을 끌어당겨 물고기를 잡는 큰 그
물)를 놓는 삼사 척의 어선은 수묵을 풀어 놓은 듯한 저편 해운대 앞바다
에서 꿈같이 움직인다.

　어부들이 당기는 후리를 당겨주고, 고기를 얻어다가 회를 치고, 국 끓
이고, 밥과 술을 마시는 풍미는 더욱 좋다. 김 군은 벌써 여러 번이라 후리
당기는 법이 묘하다. 나는 볕에 그을리고, 물에 연단(鍊鍛. 어떤 일을 반복하여
단단하고 익숙하게 됨)되어 검고 굳은 어부의 벗은 몸이 부러웠다. 나도 언젠
가는 그러한 건강을 얻었으면.

　그럭저럭 오전 네 시가 지났다. 모기는 그저(변함없이 이제까지) 심하다. 모
두 주기(酒氣. 술기운)가 몽롱하여 꿈이 무르녹는데, 혼자 밤을 새우려니 괴
롭다.

　밝아오는 새벽빛에 사면은 푸르스름하다. 바다 낮에는 안개가 한 벌

주─욱 가리었다.

우두커니 물소리에 귀를 기울이고 섰으니 알 수 없는 애수가 가슴을 찌른다. 따라서 정든 벗들과 고향이 생각난다. 나는 나로도 모르게 북천(北天, 북쪽 하늘)으로 머리를 돌렸다. 역시 눈에 뵈는 것은 흐릿한 하늘과 으스름한 청산뿐.

나는 너무도 피곤하여 김 군 곁에 누었다.

그새 잠들었던지 김 군이 깨우는 바람에 눈을 뜨니 여섯 시가 넘었다. "나는 먼저 가니 오전 차로 동래로 오라."는 김 군의 말을 어렴풋이 들으면서 나는 졸음이 그득한 눈을 다시 감았다.

다시 눈을 떴을 때는 일곱 시 반이 지났다. 모래 위에 이리저리 누웠던 사람들은 어느새 천막 속에 모여서 곤수(困睡, 곤히 잠)가 무르녹았다.

오늘도 날씨는 개지 않았다. 잿빛 하늘 아래 감벽(紺碧, 약간 검은 빛을 띤 청색)한 바다에는 벌써 바람을 배인 돛들이 이리저리 떠 있다. 수변(水邊, 물가)에 물새들은 물결을 따라 드나들고 해운대와 오륙도 밑동을 싸고 흐르는 안개는 그 저편 청산골로 소리 없이 올려 닿는다.

밤잠을 변변히 못 잔 나는 피곤한 다리를 집 마을을 향하고 떼어놓았다. 장산 머리에 쉬어 넘는 검은 구름은 암만해도 무엇이 올 것만 같다.

만일 오늘 쾌청만 하였다면 멀리 수평선 위로 솟은 찬란한 조일(朝日, 아침 해)에 타오르는 장밋빛 구름과 끓어 넘치는 금파(金波, 황금빛 물결)를 보았을 것인데 날이 흐려서 음울한 해경(海景, 바다 풍경)만 보게 된 것이 퍽 섭섭

하다. 그러나 흐린 해운대는 흐린 특색을 갖추고 있다. 나는 그로써 만족하련다.

__ 1925년 10월 《신민》 6권

__ **최서해**

본명은 학송. 신경향파의 대표적 소설가로 몇 명의 엘리트의 눈으로 바라본 삶이 아닌 실제 체험을 통한 대다수 극빈층의 생활상을 날카롭게 표현해 그들의 울분과 서러움을 작품 속에 적나라하게 표현하였다. 이에 그의 문학을 '체험문학', '빈궁문학'이라고 일컫는다. 주요 작품으로 <탈출기>, <홍염> 등이 있다.

인물보다 자연이 나를 더 반겨주오

__ 이효석

─피서지 통신 ①

뜰에 꽃포기(꽃의 딸기)를 말끔히 심고 가지와 토마토까지 가꾸어 놓으면서 꽃도 꽃이려니와 열매는 손에 대지도 못한 채 떠날까 말까 망설이다가 별안간 사정도 생기고 하여 불시에 이곳으로 떠나왔습니다. 서울에는 들지도 못하고 역의 폼(플랫폼)을 밟았을 뿐, 8분 동안 부랴부랴 경의선에서 함경선을 갈아타고 침대차로 주을까지, 택시로 경성까지 스물여섯 시간 동안 이곳으로 직행하여 왔습니다. 일단 와 놓고 보니 오기를 잘했다고 거듭 생각하게 되었습니다. 벌판의 자연도 활달하려니와 바다와 온천이 가까운 곳에 있어서 언제든지 손쉽게 이를 수 있는 까닭입니다. 오래간만에 전원에 와 볼 때, 항상 그 속의 인물보다도 자연이 더 반갑게 생각되는 것은 웬일인가 합니다. 그 자연 속에서 쇠잔해진 건강을 회복

시킬 것을 생각하고 이번 길을 기쁘게 여깁니다.

건강이라면 올여름같이 건강을 잃었던 해도 없었습니다. 무더운 도회에서 창백한 피로에 땀을 빠지지(물기 있는 물건이 뜨거운 열에 닿아 가볍게 타거나 졸아드는 소리가 날 때 나는 소리) 흘리며 지친 기관차처럼 개신거렸습니다(게으르거나 기운이 없어 자꾸 나릿나릿 힘없이 행동함). 무엇보다도 식욕이 도무지 없는 것입니다. 원래 여름을 타는 체질이기는 하지만 어떻게 된 위(胃)인지 하루에 두어 공기의 밥조차 거부하는 것입니다. 사람마다 이렇다면 한 철 동안 식량문제는 제물에(저 혼자 스스로의 바람에) 해결되지 않겠습니까.

아침저녁으로 버찌(벚나무 열매) 냄새나는 달콤하고 씁쓸한 약즙을 마시고는 뜰 앞을 거닐며 푸른 꽃을 바라보고 가벼운 비행기 소리를 들으면서 육체를 쉬고 아껴도 헛일이어서 거리에서 외식을 하고 와서는 게우고야 말고, 차를 마시고 와서는 반드시 구역질을 하곤 하였습니다. 그래서인지 건담가(健啖家, 식욕이 왕성하여 무엇이나 많이 먹는 사람)를 대할 때면 용감한 병정이라느니 보다도 실례의 말이나 짐승으로 밖에는 보이지 않았습니다. 그래서 짐승이건, 무엇이건 좋으니 그런 튼튼한 위를 얻어 갈아 넣었으면 하는 쓸데없는 공상까지 해보았습니다.

바다니, 산이니, 피서니 하는 것이 전에는 주제넘은 소리로밖에는 안 들리더니 이제 와서 그 필요가 절실히 느껴지는 것은 그만큼 건강이 부실해진 까닭입니다. 도대체 도회생활의 문화면이라는 것에 대하여 의혹을 품게 되었습니다. 문화의 찬반 향상은 인류로서 물론 소망의 것이기는 하나 그것이 반드시 인간 본연의 뜻에 맞는지 안 맞는지는 의문입니다.

공연한 병적 감상일지는 모르나 가끔가다가 야생적인 단순생활이라는 것을 생각하게 됩니다. 얍스룩한(얍삽함. 즉, 사람이 얕은꾀를 쓰면서 자신의 이익만을 챙기려는 태도) 소위 문화생활같이 인간 생장(生長. 나서 자람)에 도리어 해가 되는 것은 없는 듯하니 말입니다.

식욕 없는 위 속에다 밥 대신에 우유를 대 홉(부피의 단위. 한 홉은 한 되의 10분의 1로 약 180ml) 씩 부어 넣어봐야 헛것입니다. 가는 철망으로 날벌레의 침입을 막고, 사흘 도리(주기)로 목욕물을 끓이고, 야채를 반드시 갈퀴에 씻고, 과일칼을 일일이 알코올로 소독하는 것이 도무지 소극적 필요에서 오는 것일 뿐이지, 그렇게 한댔자 건강은 적극적으로 초치하는 방법만은 못 되는 것입니다. 그렇게라도 하지 않으면 건강은 더 볼 나위 없어지겠으므로 솔직하게 말하면 나는 어떠한 일상사에 지쳤습니다.

여름 한 철이라도 이용하여 좀 다른 방식으로 살아볼까 한 것이 이번 길의 또 다른 목적이기도 합니다.

몸에는 될 수 있는 대로 간단한 것을 걸치고, 음식도 단순하게 마늘, 파를 생채로 씹고, 고기도 될 수 있는 대로 날것을 먹고, 조개와 섬게(성게)는 바다에서 뜯어 온 채로 삶고, 음식과 피복(옷)과 거처를 될 수 있는 대로 단순하게 해서 바다와 일광 속에서 몸을 태우고 위장을 단련시켜 보려는 것이 이 여름의 계획입니다.

이런 단순생활을 하기에야 어디엔들 부적당한 곳이 있겠습니까마는, 첫째 바다가 가까운 탓으로 이곳은 가장 알맞은 곳인가 합니다. 9월에 만날 때 증좌(證左. 참고가 될 만한 증거)로 내 탄 얼굴을 보아주시오.

날이 밝아서 차창으로는 바다가 보이기 시작했습니다. 동해의 조망으로는 그 어느 한 곳 흠잡을 곳이 없지만, 그중 기암과 회문(會文, 함경북도 경성에 있는 지명)과 용현(龍峴, 함경북도 경성에 있는 지명) 부근의 풍치(風致, 훌륭하고 멋진 경치)야말로 절승(경치가 비할 데 없이 빼어나게 좋음. 또는 그 경치)이 아닌가가 합니다.

오전의 바다도 좋고, 오후의 바다 또한 가경(可驚, 가히 놀랄만함)이어서 그 어느 것 하나 놓칠 것이 없습니다. 백사(白沙, 백사장) 저편에 무겁게 칠 된 바다 빛은 도라지꽃과 쪽잎을 한데 쥐어짜서 담아 놓은 듯한 농벽(濃碧, 짙푸른 빛)이어서 불현듯이 식욕을 일으키게 하는 그런 건강한 색조입니다. 그대로 보고 스치기가 참으로 아까워서 내려가서 철벙거리거나 물을 휘저어 놓고 싶은 암팡진 욕심조차 일으켜 줍니다.

식당차에서 받은 아침 식탁 위에 놓인 데친 야채에 호두를 갈아서 넣은 접시가 있어서 그 호두의 풍미와 푸른 바다 사이에는 일맥의 공통되는 감각이 있는 듯도 하여 푸른 바다는 범할 수 없는 호탕한 것이기는 하나 그대로 떠다가 임의의 곳에 옮기고 싶은 그런 귀여운 감동을 주는 것이 없습니다.

— 1937년 7월 30일 《동아일보》 〈피서지 통신 ①〉

관북의 평야는 황소 가슴 같소

__이효석

—피서지 통신③

마을의 소재야 늘 같은 것이지만 시절을 따라 약동하는(생기 있고 활발하게 움직이는) 듯합니다. 두 살밖에 안 되는 농장의 유우(乳牛, 젖소)는 벌써 새끼를 낳고 남는 우유를 집집마다 배달하게 되었습니다. 양의 우리 안에는 식구가 늘었고, 계사(鷄舍, 닭장)에서는 대낮이면 닭이 알을 낳습니다. 물콩(대두)이 장하고(크고 성대함), 호박꽃이 피고, 옥수수수염이 자랐습니다. 갑진(甲辰) 낮에 붕긋(꽤 두두룩하게 나오거나 높직이 솟아 있는 모양)거리던 뜰 앞의 백합이 진홍으로 피어나고, 산월(産月, 산달. 즉, 아이를 낳을 달)을 한 달이나 넘은 태모에게는 드디어 한 무게에 가까운 남아가 탄생하였습니다 —이것이 이 시절의 관북 전원풍경입니다.

건전한 자연 속에 묻혀서 순박한 시인은 저널리즘에 물들지 아니하고 옳다고 생각하는 길을 마음껏 걸어갑니다. 약질이 아니고, 건강하고 육중하여서 철철이 수십 편의 시를 쓰고 백여 매의 시고(詩稿, 시의 원고 또는 초고)가 붙은 것을 묵묵히 말합니다. 편마다 건강이 넘치고 관북의 기질이 흐르고 있습니다. 이곳 기질을 설명하는 대신 수중에 들어온 편 중에서 몇 절을 뽑아 보는 것도 무관할까(상관없음) 합니다.

　　모래밭은
　　푸른 꿈을 꾸었고
　　푸른 꿈은
　　푸른 장미를 낳았고

　　푸른 장미는
　　빨간 꿈을 보았고
　　빨간 꿈은
　　빨간 꽃을 깨웠다.

　　빨간 꽃은
　　사랑의 열매를 맺었고
　　열정의 열매는
　　가시 울타리 속에서
　　새로운 꿈을 키운다.

새로운 꿈을 ―

그러나 벌써
그 행복한 꿈은
이 황소 같은 가슴에
몰래 감추어 넣었다.
길이길이 기르고자.

―**월파, 〈장미〉 중에서**

　자연의 정열을 알뜰히 뽑아다가 제 것을 만들고야 마는 것이 이곳의
기질인가 봅니다. 그러기에 황소 같은 가슴을 가지게 되는 것입니다. 황
소 같은 가슴 ― 이 시인의 시보다도 무엇보다도 나는 이것이 부럽습니
다. 나의 가지고 있는 모든 것을 던져서 이것과 바꿀 수 있다면 선뜻 바꾸
겠습니다. 수(방법 또는 방도)만 틀리면 부서지라 하고 책상을 치며 자기가
매어 있는 교장쯤은 호되게 해내고도 아무런 영향도 받지 않은 그런 호
담(豪膽, 매우 담대함)한 기질도 결국 그 황소 같은 가슴에서 나오는 것이 아
닌가 생각할 때 부럽기 짝이 없습니다.

　6월의 맑은 허공에
　소리 없이 떨어지는
　꽃 입술

한 잎 두 잎 흩어지는 꿈 조각 위에

시들은 인생사를

실어서 보내노니

가슴에 진 잎엔 '회의(懷疑)'라 썼고

머리에 진 잎엔 '고뇌'라 썼고

손바닥에 내린 잎에 '가난'을 적고

땅에서 주워선 '병'이라 적었나니

건드리는 춘풍아 몰아가거라

지는 꽃잎아 물고 가거라

계절은 배꽃처럼 밝게 웃고

계절은 배꽃처럼 향기롭고

뻐꾹새 목 놓아 신생을 찾고

내 돌배나무를 응시하나니

건강한 생리는 새로운 도덕을 낳을 게다.

명랑한 웃음은 행복의 열매를 맺을 게다.

오오 돌배꽃은…

─ 월파, 〈돌배꽃〉 중에서

    회의와 고뇌를 다 떨쳐 버리고 향수를 모르며 지내는 마음, 이 얼마나 건강합니까. 물론 이것은 다 '황소 같은 가슴'의 생리에서 나오는 것이 아닌가 합니다. 관북 그것이 '황소 같은 가슴'인지도 모르겠습니다.

__ 1937년 8월 7일 《동아일보》 〈피서지 통신 ③〉

__ **이효석**

근대 한국 순수문학을 대표하는 소설가. 1928년 《조선지광》에 단편 〈도시와 유령〉을 발표하면서 등단하였고, 한국 단편문학의 전형적인 수작이라고 할 수 있는 〈메밀꽃 필 무렵〉을 썼다. 장편 〈화분〉 등을 통해 성본능과 개방을 추구한 새로운 작품 및 서구적인 분위기를 풍기는 작품으로 주목받았다.

해초 향기 품은 청춘 통신

___이효석

─ 피서지 통신 ④

낡은 자전거를 수리시키고, 머리를 한 치가량이나 무질러(한 부분을 잘라 냄) 버렸습니다. 바다에 다니려는 준비입니다. 벌판 저편으로 빤히 바라 보이는 바다까지는 자전거로 10분 남짓 달리면 됩니다.

내의(속옷) 바람에 잠방이를 입고, 긴 양말을 신고, 마치 가게 차인꾼(남 의 장사하는 일에 시중드는 사람) 같은 차림으로 사람들의 체면도 불구하고 맨머 리 바람으로 날마다 바다에 나갑니다.

이런 꼴은 전에는 질색이었으나 차차 마음에 들게 되었으며, 자전거로 벌판을 달리기란 말할 수 없이 상쾌한 것입니다.

독진(獨津) 바다는 깊고 파도가 세서 해수욕장으로 완벽한 곳은 못 되 나, 물이 맑고 모래가 깨끗한 까닭에 부근에서는 역시 가장 좋으며, 날이 맑아 나남 등지에서까지 사람들이 모여들 때는 백여 명의 나체가 모래 위에서 와글와글합니다.

그 숲에 섞일 때도 있고 따로 떨어져 외딴 해변에서 혼자 지울(일정한 기간이 지날 때까지 시간을 보내는 일) 때도 있습니다. 해수욕복도 오히려 주체스러운(처리하기 어려울 만큼 짐스럽고 귀찮음) 때가 있습니다.

마지막 꺼풀까지 벗어 버리기는 쉬운 노릇이 아닌 모양입니다. 그러나 외따로 떨어져 있으면 그것이 자유롭습니다. 옷만 벗으면 사람의 꼴은 다 같은 것을, 옷을 입기 시작한 때부터 계급과 차별이 생긴 듯합니다.

처음으로 옷을 벗었을 때는 꼭 이태(두 해)만이어서 희멀건 피부가 사람들 총중(叢中, 떼를 지은 뭇사람)에서 겸연쩍더니 며칠 다니는 동안 벌써 어지간히 탔습니다. 흔히 말하는 밀 빛이 아니라, 처음에는 물에 젖은 모래 빛이었다가 차차 구리쇠 빛으로 변합니다.

바닷물에 젖었다가 더운 모래 위에 나와 엎드리면 피부가 근실근실(잇따라 조금 가려운 느낌이 드는 모양) 가렵고 아립니다. 바다와 태양의 정기가 세포 구석구석으로 함빡 스며들음인가 합니다.

가슴을 벌리고 바닷바람을 숨 것 들여 쉬면 바다가 그대로 가슴속에 들어와 앉는 듯합니다. 바다 냄새 —무엇 무엇으로 되었기에 그렇게 시원하고 녹진한지 모르겠습니다. 조수(潮水, 밀물과 썰물을 통틀어 이르는 말) 냄새, 소금 냄새, 미역 냄새, 해초 냄새, 성게 냄새, 바람 냄새, 오존 냄새 —그 위에다 아마도 먼 육지의 냄새까지 합쳐 품은 듯합니다. 그러기에 그렇게도 복잡하고 신비롭지요. 불란서(프랑스의 음역어)의 한 시인은 여인의 수풀 속에 복잡한 신비의 향기를 맡았으나, 바다 냄새에도 또한 말할 수 없이 복잡한 요소가 숨어 있는 듯합니다. 창생('창성'의 잘못. 처음으로 이루어짐. 또는 처음으로 이룸) 이래 오늘까지 녹아들고 잦아 들은 우주 냄새가 바로 바다 냄새가 아닌가 합니다. 여인의 수풀 속에 조그만 우주가 숨어 있듯이 바다에도 확실히 우주가 축소되어 들어앉은 듯합니다.

바다 냄새를 맡으며 먼 하늘을 우러러보면서 유구한 것을 느끼고 있으면 이 조그만 육체 안에도 우주가 숨어 있음을 깨닫습니다. 바다 뒤에는 바로 길 하나를 격하고(사이를 둠)는 산이 솟아서 길바닥에는 해당화가 되었고, 산허리 풀밭에서는 벌레 소리가 흘러와서 요란한 속에서도 고요히 정회(情懷. 생각하는 마음. 또는 정과 회포를 아울러 이르는 말)를 자아냅니다. 메뚜기의 찌익찌익 소리, 찌르레기의 찌르르르르르르 소리는 벌써 재빠르게 가을의 애상(哀想. 슬픈 생각)을 암시합니다.

산머리에 해가 뉘엿뉘엿할 때 하늘을 우러러보면 물 비인지 오존인지 자옥(연기나 안개 따위가 잔뜩 끼어 흐릿함)이 끼어 햇발에 아롱아롱 날리는 것이 보입니다. 흰 모래와 붉은 해상(海裳. 바다 그림자)과 애잔한 벌레 소리와 바다와 하늘과—그대로 옮겨 가지고 싶은 해변 정경입니다.

때때로 기러기 떼처럼 해안선을 헤엄쳐 오는 제주도 해녀가 연안에 보인다 합니다. 광주리를 이고 헤엄치면서 잡은 고기를 먹고 팔고 한 시절의 벌이를 해서는 다시 해안선을 헤엄쳐서 고향으로 돌아간다 합니다. 이 또한 특이한 풍경이 아닐까 합니다.

어선이 돌아오고 발동선이 요란하게 가까워져 올 때는 해가 다 진 모양입니다. 몸이 개운한 품이 저녁에는 식욕이 한층 더 새로울 듯합니다.

　(이 원고는 대부분을 바다에서 씁니다. 글자가 뒤흔들고 문맥이 어지럽기는 하나 원고지 장장(長長. 분량이나 시간상의 길이 따위가 예상보다 상당히 많거나 깊을 나타내는 말)에다 바닷바람과 조수 냄새를 실어서 바다의 선물로 멀리 도회의 책상 위로 보냅니다.)

__1937년 8월 8일 《동아일보》 〈피서지 통신 ④〉

___ 일러두기

이효석의 〈피서지 통신〉은 1937년 7월 30일~8월 8일까지 총 4회에 걸쳐 《동아일보》에 연재되었습니다. 그중 3회와 4회의 경우, 제목과 내용이 서로 바뀐 채 게재되어 지금까지도 많은 사람과 언론이 이를 잘못 알고 있는 경우가 많습니다. 그러나 글의 내용을 통해 보건대, 3회의 제목이 〈관북의 평야는 황소 가슴 같소〉이며, 4회의 제목이 〈해초 향기 품은 청춘 통신〉임을 알려드립니다.

동해 백사장의 신비한 밤

__ 김상용

생(生)과 무(無)의 환영(幻影) 속에서

이 이야기는 거년(去年, 지난해) 동해안 해변에서 천막생활을 할 때 하룻밤의 경험을 그대로 적은 것이다.

밤이다. 새로 두 시, 깊을 대로 깊어진 밤이다.

오늘 ─ 자성이 지났으니 이제 어제라고 해야 옳다 ─ H군을 보냈다. 종일 혼자서 헤엄을 치다가, 잠을 자다가, 혹은 책을 읽었다. 몹시 심심하였다. 때때로 몰려드는 적막한 심사를 어떻게 해야 할지 알 수 없었다. 그럴 때면 왜 날조차 길어지는지 모른다. 거의 질 때가 되었으려니 하고 서산을 바라보면 아직도 해는 높다랗게 떠 있는 것이다.

———

저녁엔 바람이 없어 몹시 고요하였다. 상현달(음력 매달 7~8일경 초저녁에 남쪽 하늘에서 떠서 자정에 서쪽 하늘로 지는 반달)이 꿈같이 모래 위를 비추었다. 바다는 솔로 쓸어놓은 것처럼 짝이 없이(비할 데 없이 대단하거나 매우 심함) 평활하였다(평평하고 넓다). 그래도 어느 구석에 동요(물체 따위가 흔들리고 움직임)가 있는지 특유한 큰 물굽이(파도)가 사빈(沙濱, 모래가 많이 퇴적한 해안 지형)에 깨지곤 했다.

나는 모랫둑에 두 다리를 뻗고 앉아 물과 모래가 어우러진 곳에 부서져 흩어지는 흰 물거품을 바라보았다. 말없이, 별다른 생각도 없이 그저 바라보았다. 시름이라곤 없었다. 하여튼 내 모양이 무던히도 호젓해 보였을 것이다. 이따금 달빛을 따라 나온 한두 사람이 내 앞을 지나기도 하였다. 그러나 그들도 내 고요함을 하마(행여나) 깨뜨릴세라 조심조심 지나갔다. 꽤 오래 앉아 있었던 것 같다. 그러나 얼마 동안 앉아 있었는지는 나도 모른다.

———

별안간 와— 하고 한 떼의 바람이 지나갔다. 그러자 갈아놓은 것 같은 바다 위에 잔물결이 일었다. 거무하에(居無何—, 시간상으로 있은 지 얼마 안 되어) 또 다른 한 떼의 물결이 잦아졌다. 수천(水天, 수평선을 달리 이르는 말)이 연한 희미한 저— 가에 무슨 검은 덩어리가 일어나는 것 같더니, 일어나서 점점 자라는 것 같다. 분명 비를 실은 구름떼다. 새파란 비, 파도, 밤. 내 마음은 바빴다. 달은 덕망산 뒤에 떨어지고 있었다.

————

나는 천막 줄을 고쳐 매고 문을 단단히 닫았다. 책을 읽으랴 촛불을 켜 놓았었다. 그러나 4, 5줄을 채 읽기도 전에 책을 발치로 던지고 불을 껐다. 달은 그동안에 아주 져버려 불 끈 뒤의 천막 속은 몹시 컴컴하였다.

__1934년 8월 1일 〈생활의 편상〉 중에서

__ 김상용

〈남으로 창을 내겠소〉로 잘 알려진 시인. 8·15 광복 후 미 군정에 의해 강원도 도지사에 임명되었으나, 며칠 만에 사임하고 이화여자대학교 교수로 복귀 후 미국으로 건너가 보스턴대학에서 영문학을 연구하고 돌아왔다. 주요 작품으로 〈그러나 거문고의 줄은 없고나〉, 〈남으로 창을 내겠소〉 등이 있다.

어촌점묘

___ 강경애

　내 고향 일우에 몽금포를 두고도 벼르기만 하고 한 번도 찾지 못하였다가 이번에 귀향하는 기회를 타서야 겨우 찾게 되었다. 그 이름이 전 조선적으로 알려진 그만큼, 나는 커다란 기대와 흥미를 갖고 자동차 위에 몸을 실었다. 황막하기 짝이 없는 만주 벌판에서 자연에 퍽 굶주렸던 나인지라 그런지는 모르겠으나, 어쨌든 내가 조선 땅에 일보를 옮겨놓은 그 순간부터라도 '조선의 자연은 과연 아름답다'는 감탄을 무시로(특별히 정한 때가 없이 아무 때나) 발하게 되었다.

　오랜 매우(梅雨, 매실이 익을 무렵에 내리는 비라는 뜻으로, 해마다 초여름인 유월 상순부터 칠월 상순에 걸쳐 계속되는 장마를 이르는 말) 때문에 도로가 상하여 평탄하지 못함인지 자동차는 노상(언제나 변함없이 한 모양으로 줄곧) 키 까붐질(위아래로 심하게 흔들리는 모양)을 하나, 앞에 전개되어 나타나는 전원으로부터 불어오는 구수

한 냄새에 취하여 나는 괴로운 것도 미처 생각하지 못할 지경이었다. 우편(右便, 오른쪽)으로 불타산맥(佛陀山脈, 황해도 삼천과 신천 경계에 있는 까치산에서 시작해 용연반도 서쪽 국사봉까지 뻗은 산맥)이 구불구불 흘러서 마치 바다의 파도와 같이 뛰놀고, 좌로 찰석산맥(札石山脈)이 높은 듯 낮고, 낮은 듯 높아 그 뫼됨이 자못 기이하게 보였다. 그 위에 솜 같은 구름이 떼를 지어 오락가락 한가롭다. 나는 문득 이러한 노래를 읊어보았다.

　　청산 위에 구름이요
　　구름 속에 청산인데
　　청산이 제 구름을 못 떠나고
　　구름 또한 청산을 못 떠나니
　　만고에 유정함을
　　사람들에게 보이더라.

　보이느니 밭이요, 논이다. 조 이삭은 벌써 머리를 다소곳이 숙였고, 벼는 한창 살이 올라 그 잎에 기름방울을 떨어뜨린 듯 윤기가 흐른다. 풀밭에 누워서 한 눈만 감고 조는 듯한 황소는 '이 밭과 이 논을 내가 갈아서 이렇게 조와 벼를 키웠다'는 듯이 그 배 내놓음이 믿음직하다. 그리고 그 옆으로 깡충깡충 뛰어 돌아다니며 귀엽게 장난을 하는 송아지는 우리 옆집에 사는 이제 다섯 살 난 길성이 놈 같다.
　멀리 산록(山麓, 산기슭)으로 농가들이 여기 오글, 저기 오글오글 모여 앉왔고, 그 앞으로 냇물이 시원하게 감돌아 내리며, 마을을 싸고 날아다니는 새 무리는 그 푸른 하늘에 한껏 자유롭다. 수수밭 위에 흰 구름이 산맥을 지어 거울 같으며, 때 만난 잠자리 떼는 분주하기 끝이 없다. 나는 이 모든 것을 바라보며 고요한 마음을 가져보았다. 내 옷과 내 머리털에 바람이 홀홀히 감겨 돌아간다.

마침 자동차는 용연(龍淵)을 지난다. 나는 나의 졸작인《인간문제》의 주인공 첫째를 생각하였다. 용연! 머리를 내밀고 바라보니 몇 해 전과는 아주 달라진 듯하였다. 그러나 아직도 변하지 않고 있는 것은 저 원소(怨沼, 황해도 용연군 원동에 있는 연못)의 푸른 물뿐이었다.

"예나 지금이나 저 원소의 물은 푸르고 푸르다. 흰 옷감을 보면 물들이고 싶게 그렇게 푸르다."—**《인간문제》** 중에서

첫째를 내쫓은 이 용연, 매소부(매춘부)인 그의 어머니와 불구자인 이 서방만이 아직도 그 멸시를 받으면서 첫째를 기다리고 있을 것인가. 있다! 분명히 있다. 이렇게 속으로 부르짖는 사이에 차는 석교(石橋)를 향해 달음질친다.

자동차는 석교를 지나 홍가리(洪街里)에서 잠깐 정류하였다가 다시 질주한다. 이쪽으로 오면서부터는 도로가 좀 평탄하다. 그리고 불타산이 평평한 잿등이 되는 듯하면서도 수림(樹林, 나무숲)이 하늘을 찌를 듯 높이 솟았다. 우리는 한참이나 하늘도 보이지 않는 수림 속으로 기어들어 간

다. 바라보니 수림인즉 잡목은 섞이지 않은 송림뿐이었다.

소나무! 만주에서 얻어 보기 힘든 저 솔. 나는 언제나 저 소나무를 보게 되면 머리가 산뜻해지면서 고상한 무엇을 발견하게 된다. 바늘 끝같이 예리한 잎을 하늘을 향하여 펼치었으며 줄기는 굽은 듯 다시 올라 파란 많은 소나무의 역사를 말해주는 듯 그윽한 송진내를 피워 그 뜻 높음을 말해준다.

그 사이를 뱅글뱅글 도는 도라지꽃은 해쭉 웃고는 꼭꼭 숨어버린다. 에크! 또 나온다. 또 숨는다. 그 빛이 왜 그리도 푸를까. 심심산곡(深深山谷, 깊고 깊은 산골짜기)에서 별만 보고 자랐음인지 꽃송이가 별인 듯 속기 쉽고, 푸른 하늘을 그리워 애를 태웠음인지 그 머리 다소곳이 숙이고 수심 빛이네.

자동차는 이제부터 비탈길을 내려간다. 한고비를 돌아오면 또 한고비 막아서고, 이제는 마지막이려니 하면 또 한 뫼가 나타나서, 우리의 가슴속까지 뫼 비탈로 가득한데, 갑자기 곁에 앉았던 일본 내지인의 아이가 꼬뚝(오뚝, 갑자기 발딱 일어서는 모양) 일어났다.

"아이, 저기가 바다야."

아이가 소리치는 바람에 우리는 일시에 앞을 바라보았다. 보아라, 저 푸른 바다! 말이 꽉 막혀버리고, 바다, 바다만이다. 우리는 마음속에 조그만 생각도 숨길 수 없었다. 그저 바다만이 높고 낮을 뿐이었다. 벌써 몽금포는 수수밭 속에 숨어 얼씬얼씬 보이고 주인을 따라 나온 개가 조 밭머리에서 두리번거리다가 우리를 보고 컹— 짖고는 달아나버린다. 바다는 시시로(때때로) 그 빛을 선명하게 나타내 보인다.

　어느덧 우리는 몽금포에 닿았다. 승객들은 뿔뿔이 차에서 내려 달아난다. 나는 막 잠에서 깬 듯 흐리멍덩한 정신을 겨우 진정하여 짐을 갖고 내린 뒤 조선일보 지국을 찾아 지국장의 안내로 여관을 정하였다. 그리고 그 길로 지국장을 앞세우고 구경을 떠났다.

　오후 3시. 내리쪼이는 햇볕은 우리의 피부에 댕글댕글 굴러 내린다. 나는 숨이 차서 흘러내리는 땀을 씻으면서 그의 뒤를 따랐다.

　"저것이 사산(沙山, 모래가 쌓여서 만들어진 산)입니다."

　나는 냇물을 껑충 건너뛰어서 사산으로 달려갔다. 그리고 모래를 쥐어도 보고 밟아도 보면서,

　"어쩌면 이런 산이 다 있을까요?"

　하고 몇 번이나 거푸(잇따라 거듭) 말하였다. 한 줌 안에 꼭 쥘 수 없어 흘러 떨어지는 이 모래. 이 모래에 물을 부어 반죽하여 송편을 예쁘게 빚고 싶다.

　우리는 발길을 돌렸다. 산을 이룬 모래가 무엇이 부족하여 해변까지 쭉 깔리었을까. 파도에 스쳐 파스스― 하고 무너지고는 또 파스스― 한다. 아마 파도가 그리워 여기까지 나왔나 보다.

　나는 구두와 양말이 그만 귀찮은 생각이 들어 다 벗어서 걸머메고 걸었다. 가다가 빙그르르 돌아도 보고, 발끝으로 모래알을 날려도 보는 흥미야말로 뭐라 형용할 수 없이 좋다. 오늘은 내가 인간의 모든 탈을 벗어 버린 새빨간 계집애 같다. 귀여운 계집애 같다.

발걸음을 따라 바다의 거체(巨体, 커다란 파도)가 우리 앞을 콱 막아버린다. 물결은 남실남실 사장으로 밀려 나온다. 나는 얼른 이 노래를 외어보았다.

내 귀는 바닷가의 조개껍데기
물결치는 그 소리가 그립습니다.

언제인가 신문에서 읽어두었던 이 노래가 불현듯이 내 머리에 떠오른 것이다. 바다가 이 노래를 불러, 또 불러, 내 귀를 움직이게 한 것이다.

나는 묵묵히 이 노래를 들으면서 섬몽금이(황해도 몽금포리 서북쪽에 있는 마을)까지 왔다.

우리가 섬몽금이 바위 위에 올라섰을 때는 온 우주가 벽해(碧海, 짙푸른 바다)로 된 듯한 느낌을 갖게 하였다. 하늘에 닿은 듯한 저 바다! 맺히고 맺혔던 이 내 가슴은 저 바다같이 탁 터져버리네. 내 비록 몸은 작으나 맘이야 바다에 뒤지랴.

멀리 작고 큰 섬들이 꿈같이 어리었고, 몇 척의 어선이 그림인 듯 조용하다. 갈매기가 펄펄 날아 물 위에 찰싹 내리었고, 그래서 그 날개가 파도에 젖어 무거울 듯하건만 또다시 까맣게 높이 뜬다. 필시 갈매기의 따뜻한 그 가슴에 붙은 작은 별에는 물방울이 진주같이 빛날 터이고, 그 주둥이에는 살진 물고기가 듬뿍 물렸을 것이다. 양양한('망망한'의 잘못으로 보임. 넓고 먼) 대해(大海, 넓고 큰 바다)를 맘대로 날아다니며 먹을 것을 찾는 저 갈매기. 먹을 것을 한 가슴 안은 채 어디로 가노? 너를 부러워 바라보는 어부의 모양, 한심하기 짝이 없구나.

지국장은 아까부터 이 섬몽금이에 사는 어민들의 생활상태를 이야기하였다. 나는 하나하나 귀담아들으며 긴 한숨을 쉬었다. 그리고 섬몽금이를 내려다보며 그들의 가난한 지붕을 바라보았다. 거기에도 호박 넝쿨이 대견하게 올랐는데 몇 개의 호박이 듬직하게 달려 있다. 그리 멀지 않은 곳에 장산곶(長山串, 황해도 장연군의 반도 남쪽 끝 지역. 해수욕장이 있으며, 대청도, 소청도, 백령도 등이 바라보인다)이 돌출하여 독보(獨步, 남이 감히 따를 수 없을 만큼 혼자 앞서감)의 패기를 보여주며, 뚝 떨어져 있는 사산 위의 청송(靑松, 푸른 소나무)은 마치 여인(麗人, 아름다운 여인)이 머리를 풀어헤치고 바다를 향하여 서 있는 듯하였다. 그리고 백사장에는 조수(潮水, 밀물과 썰물을 통틀어 이르는 말)가 들어와야 나갈 목선들이 군데군데 보이고, 그물을 둘러메고 어디론가 가는 어부의 모습이 바쁘다.

내가 지금 앉아 있는 바위는 그 길이가 몇십 장이나 되어 보인다. 그 아래로는 파도가 소리를 치며 달려들고 있다. 그러나 바위는 장부의 기상이 있음인지 까닥도 하지 않고, 그 몸에 굴(석화)이 기생하여 바위마저 생물인 듯 보인다.

우리는 섬몽금이를 떠나 해수욕장으로 향하였다. 백사장에는 게들이 까맣게 나와 엎드려 있다가 우리의 신발 소리에 깜짝 놀라 기겁을 하고 사라지고 만다. 가만히 들여다보니 사장에는 게 구멍이 얼(겉에 드러난 흠)이 숭숭(조금 큰 구멍이나 자국이 많이 나 있는 모양)한데 그리로 게들이 나왔다가는 들어가곤 하였다. 나는 어린애처럼 살금살금 게를 다그쳐봤다. 그러나 게는 눈 깜빡할 사이에 다시 숨어버린다. 안타까운 나는 발끝으로 게 구멍을 파며 걸었다. 가다 보니 해초 부스러기가 보이고 해진 그물이 자꾸 발에 걸린다. 나는 눈에 보이는 대로 그것을 집어 들고 지국장에게 물었다.

남녀 해수욕객들은 손에 손을 맞잡고 웃고 떠들어댄다. 그들의 몸은 해풍에 그을어 새카맣다. 나는 어쩐지 그들 곁으로 지나는 것이 부끄러운 생각이 들어 머리를 푹 숙이고 욕장 근처에 있는 바위 위에 올랐다.

여기서는 장산곶이 퍽 가까이 바라보인다. 그리고 바로 건너다보이는 조그만 섬에는 두어 개의 바위가 맞붙어 있으며 그 사이로 약간의 풀대(풀줄기)가 가난해 보였다. 그 섬 앞으로 해수욕하는 사람들이 고기떼같이 밀려다니다가 사장으로 뛰어나온다. 일부는 종일 멱 감기에 지쳤음인지 사장에 쭉 돌아앉아 있거나 혹은 누워서 휘파람도 불고 노래도 부르며 통 움직이려고 하지 않았다. 햇빛은 사장 위에 대글대글(데굴데굴) 구르는데 그들의 얼굴은 마치 원숭이 같다.

통통하게 살찐 여인 하나가 어린애를 데리고 그의 남편인 듯한 사나이와 손을 맞잡고 댄스를 한다. 푹 퍼진 엉덩이가 둥실둥실한다. 어린애는 어머니를 따라 댄스는 못하고 그저 그 큰 엉덩이를 따라 깡충깡충 뛰는 양이 귀여워 보였다.

그러다가 그만 해풍이 올려 불어, 오슬오슬 춥고 피곤해져서 어서 들어가기를 재촉하였다. 우리는 바위를 떠나 내려왔다. 별장과 해수욕장과의 거리가 먼 까닭인지 자동차는 무시로 드나들며 객들을 실어 날랐다. 우리가 자동차 머무는 곳에 왔을 때는 해수욕하던 사람들이 옷을 갈아입고 아까와는 달리 점잔을 빼고 서서 자동차를 기다리고 있었다.

여기는 섬몽금이에서 뚝 떨어진 곳으로 해수욕장 바로 뒤였다. 그런데 헛간 하나를 두고 네다섯 집이 정답게 모여 앉았다. 지붕에는 호박 넝쿨과 박 넝쿨이 푸르게 올라 바다를 바라보고, 뜰에는 쑥과 억새가 우거져 푸른 자리가 되어 쭉 깔렸다. 거기에 닭들이 모이를 찾고, 돼지들이 기다란 주둥이를 내밀고 땅을 쑤시며 꿀꿀댄다. 그리고 군데군데 굴 껍데기와 조개껍데기가 수두룩이(매우 많고 흔히) 쌓였다.

나는 헛간으로 들어가 보았다. 거기에는 고기 잡는 기구가 가득하였다. 작은 그물, 큰 그물이며, 목선 오그라진 것, 발(통발) 같은 것들이었다. 헛간 앞에는 시멘트 콘크리트로 만든 아궁이가 있으며, 거기에 시멘트 콘크리트 가마 두 개가 가지런히 걸렸다. 그 안은 쇠로 되었는데, 지금은 녹이 슬었다. 그 가마는 멸치를 삶는 것이라고 하였다.

마침 우리 옆으로 계집애가 바구니를 들고 지나간다. 나는 쫓아가서 바구니를 들여다보았다. 담청색(엷은 청색) 멸치가 절반이나 차 있었다. "멸치는 봄에 잡힌다면서 웬일입니까?" 물으니, 때때로 이렇게 조금씩은 잡힌다고 하였다.

계집애는 부끄러웠던지 슬금슬금 달아난다. 계집애의 뒷모양을 바라본 나는 그의 옷이 말할 수 없이 남루함을 알고, 갑자기 "오! 저 계집애는 이 농촌에 사는 가난한 어부의 딸이구나."라고 하였다. 그 머리며 손발의 장대함이란… '이번에 내가 여기 온 것은 저들의 생활을 탐구하러 온 것이다'는 부르짖음이 내 가슴을 뜨겁게 흔들어 놓았다. '오냐! 작가로서의 사명이 뭐냐. 이 현실을 누구보다도 똑똑히 보고 또 해부하여 가지고 작품을 통해 일반 대중에게 나타내 보이는 데 있는 것이 아니냐. 예술이 민중의 생활과 분리된다면 무슨 가치가 있으랴.' 그러자 차가 달려오므로 우리는 자동차에 올랐다.

차는 스르르 하고 사장을 달렸다. 무심히 쳐다보니 빨가숭이(벌거숭이) 어린것들이 해변에 앉아서 게를 잡는 모양이다. 그곳에서 조금 떨어진 곳에 흰 물새들이 나란히 앉아 역시 먹을 것을 찾고 있다. 어느덧 그 귀여운 것들은 까맣게 사라지고 바다와 청산만이 핑핑 맴돌이(제자리에서 서서 뱅뱅 돎)를 친다.

별장 앞에서 우리는 내렸다. 목제(木製, 나무로 물건을 만듦. 또는 그 물건)인 별장은 깨끗해 보였다. 별장을 싸고 잡풀이 우거진 뜰에 천막이 여기저기 널려 있었고, 메뚜기가 푸르릉 날며, 쑥 냄새가 가득하였다.

우리는 별장을 뒤로하고 천천히 걸었다. 길 좌우 옆에는 온갖 잡곡이 길길이(성이 나서 펄펄 뛰는 모양. 여기서는 '가득'이란 의미) 들어찼다. 나는 조 이삭을 쥐며 혹은 수수 이삭을 쳐다보면서 이번 장마의 수해(水害, 장마나 홍수로 인한 피해)에 관해서 물어보았다. 그리고 고기잡이에도 몸이 지쳤을 터인데, 어찌 또 농사를 이렇게 하였을까? 라는 감탄과 함께 가을에 당할 일을 떠올리며 한숨을 푹 쉬었다.

멀리 섬몽금이를 바라보며 그들의 참혹한 생활을 어서 바삐 목도하고(눈으로 직접 봄) 싶었다. 배 한 척을 갖고 네다섯 집이 매달려 사는 이 빈한한 어촌의 백성들. 그들에게 있어서 저 보기 싫은 목선이나마 얼마나 갖고 싶을 것이며, 그 배를 저 바다에 둥실 띄워 놓고 얼마나 고기를 잡고 싶으랴. 해서 그들은 경비선의 눈을 피해 몰래 고기를 잡다가 들켜서는 벌금을 물게 되고, 또 나무가 없어서 장산(長山 — 일본 기업 미쓰비시 소유)의 나무를 베다가 붙들려 매를 맞는 그들. 아아, 그러면 저 깊은 바다는 누구를 위해 고기를 한 바다 가졌으며, 장산의 청송은 누구를 위해 저리도 낙락장송이더냐.

저녁을 먹은 우리는 낙조를 보기 위해 급급히(한 가지 일에만 정신을 쏟아 다른 일을 할 마음의 여유가 없는 상태) 달렸다. 사산 위에 올라왔을 때는 낙조를 탐내 올라온 유객(遊客, 여행객)들로 이미 떠들썩하였다. 바라보니 아직도 해는 수평선과의 그 거리가 멀다. 아까워라, 검은 구름이 수평선을 싸고 슬슬 감돈다. 우리는 행여 검은 구름이 벗겨지면 하고 안타깝게 기다렸지만 반대로 구름은 해를 향해 자꾸만 올라온다.

우리는 어쩔 줄 몰라 헤매었다. 어떤 이는 화를 더럭 내며 내려가 버린다. 아니나 다를까 구름이 마침내 해를 가린다. 그리고 그만 그 빨간 불덩이가 구름에 저 모양이 되어 캄캄하다. 나는 어찌나 성이 나는지 어린애같이 두 볼이 통통 부어서 돌아서고 말았다. 그리고 애꿎은 모래 산만 탕탕 굴렀다. 그러나 나는 거기에서도 무엇을 찾으려고 눈을 들었다. 저 가난한 어촌을 둘러싸고 구불구불 돌아앉은 일만(여기서는 '많다'는 의미) 산의 그 푸른 봉우리는 시커먼 구름을 애써 뚫고 흐르는 잔조(殘照, 낙조)의 베일을 길게 쓰고서 생불('살아 있는 부처'라는 뜻으로, 덕행이 높은 승려를 이르는 말)인 양 침묵하고, 그로부터 일어나는 숭고한 산악미는 하늘 끝까지 뻗쳤으며, 산록으로 젖빛 안개가 몽실몽실 떠돌아 흐르다 거기에 아늑하게 앉아 있는 저 어촌에서는 이제야 저녁연기를 풀풀 피우고 있다. 솥에서 생선국이 달랑달랑 끓는지.

나는 다시 돌아섰다. 이제 사람들은 거의 다 내려가고 몇몇만 남아 있을 뿐이었다. 해는 확실히 수평선에 걸렸는데, 시커먼 구름은 여전히 해를 가리고 있었다. 구름을 호령하는 듯한 무서운 광선은 온 바다를 움켜쥐려는 듯했으며 고함을 치려는 것 같았다. 하나 바다는 그 넓은 가슴을 아낌없이 벌리고서 해를 포옹하였다. 이 순간 삼라만상(우주 안에 있는 온갖 사물과 현상)은 그들을 위하여 머리를 다소곳이 숙였다.

내가 선 사산은 금모래 산이 되어 쭉 달려 내려갔는데, 거기에 술잔 같은 웅덩이, 웅덩이가 오글오글(여러 군데가 안쪽으로 오목하게 들어가고 주름이 많이 잡힌 모양)하였다. 그리고 그 하나하나마다 빨간 물이 찰찰 넘어 흐르고, 그 물에 하늘이 동동 떠돌아간다. 아마 그 조그만 웅덩이는 지금 하늘을 꿈꾸고 있는 모양인지… 언덕은 하얗기가 눈 같아 십 리에 이어 닿았으며, 해당화가 둥글둥글하게 엎드려 있다. 귀엽다, 저 모양… 내 애기 머리털 같이. 그 위로 해풍이 제비같이 나는 곳에 파도 소리 은은하다.

이제 해는 수평선으로 넘어가고, 온 우주는 캄캄하였다. 나는 그만 돌아서 걷기 시작하였다. 몇몇 사내들도 내 뒤를 따랐다.

"아니 형님, 이게 웬일이야?"

내 동무의 동생인 고일신 양이 뛰어와서 내 손을 잡는다.

"언제 왔니?"

"난 아까 아침에 효애 석건 다 같이 왔어. 형님은?"

"난 혼자 왔다."

"에이 어쩜. 그런 줄 알았더라면 형님도 같이 오자고 할걸."

"나야 감히 그 축에 섞이겠니."

"에이, 형님두."

우리는 사산을 내려서 나무다리를 건넜다. 물속에 별이 하나둘 빛난다. 그리고 저 멀리 해변에는 게 잡는 불이 줄지어 나타난다.

"우리도 게 사냥 갈까?"

"이애, 오늘은 내가 곤해서 죽겠다."

"좀 놀다가 가자구요. 벌써 들어가서 더운데 뭘 하나."

일신이는 나를 돌려세웠다. 나는 하는 수 없이 그에게 이끌려 다시 사산 밑으로 와서 앉았다.

"형님, 노래나 한마디 해요. 이렇게 산 좋고 물 좋은 데 와서 그냥 있을래요?"

"오냐 네 말이 맞았다. 그래 난 몰라 못하지만, 너라두 하려무나."

"에이, 형님두. 어서어서 한마디."

너무 조르는 바람에 낮에 들었던 어부 노래를 아무렇게나 불렀다.

장산곶 마루에 북소리 나더니

소금 배 갈치 배 다 들어온다네.

에헤야 둥둥 내 사랑아

물세 좋다고 곧 돌지 말고요

몽금이 개암포 들렸다 가구려

에헤야 둥둥 내 사랑아.

"오호호, 여기 노래구면. 언제 다 배웠소? 뱃사공 사귀었소, 호호."

"그래, 뱃사공 사귀어서 배웠다."

나는 이렇게 대답하면서 참말 그들과 사귀어서 이러한 노래라도 친히 듣고 싶었다. 게불은 점점 그 수를 더하여 도회지의 야경을 들여다보는 것 같고, 멀리 서울의 시가지를 생각하게 하였다. 우리는 무심히 자꾸 모래를 쥐어뿌리면서 되는 대로 노래를 불렀다.

별두 별두 밝고

게불도 밝은데

이 모래로 떡을 빚어

너도나도 먹자꾸나.

우리는 퍽 오래 앉아 있다가 여관으로 돌아왔다. 그리고 일신이는 나와 함께 있기로 하고, 나는 여관을 옮겼다. 불을 끄고 누우니 웬일인지 잠이 다 달아나버리고 만다. 나는 내일 섬몽금이에 사는 어민들의 집을 찾아보리라고 생각하며 눈을 꼭 감아버렸다.

　8월 12일.

_____ 1935년 9월 1일~6일 《조선중앙일보》

※ 점점(點點) - 점을 찍은 듯이 여기저기 흩어져 있는 모양

_____ 강경애

1931년 잡지 《혜성》에 장편 《어머니와 딸》을 발표하면서 등단하였다. 특히 1934년 《동아일보》에 연재한 《인간문제》는 노동자의 삶을 예리하게 파헤쳐 근대소설사에서 빼놓을 수 없는 작품으로 평가받고 있다. 주요 작품으로 단편 <지하촌>, <채전> 및 장편 《소금》, 《인간문제》 등이 있다.

괴물행장록

__ 김동인

지금이기에 이 이야기를 한 개의 우스운 소리라고 붓에까지 올리지만, 막상 이 일을 당한 그때는 너무도 창피스러워 누구에게도 말할 수 없었다.

*

8~9년 전 여름.

평양에서 여름을 지내는 방법으로는 누구나 대동강을 택한다. 대동강에서 한바탕 멱('미역'의 준말. 냇물이나 강물 또는 바닷물에 들어가 몸을 담그고 씻거나 노는 일)을 감고 버드나무 수풀에서 낮잠이라도 한잠 실컷 자고 나면 몸이 날아갈 듯이 가볍고 그 괴로운 더위를 잊을 수 있기 때문이다.

어느 날, 나는 매생이(노로 젓게 된 작은 배)를 저어 능라도로 가 멱을 감은 후 섬에 올라가서 낮잠을 한잠 잤다. 낮잠을 한잠 실컷 자고 나서 인젠 집으로 돌아가려고 매생이로 돌아와 보니 벗어 두었던 옷이 없다. 양복, 구

두, 내복, 속옷, 양말, 모자 할 것 없이 흠빡(모두) 사라졌다. 혹 섬에 벗어두
었나 하고 다시 섬으로 올라가서 찾아봤지만 섬에도 없었다. 기억을 더
듬어 봐도 매생이에 벗어둔 것이 틀림없었다. 그러면 분명 도적을 맞은
것이다. 지독한 도적놈이 틀림없었다. 다 훔쳐간다 할지라도 하다못해
속옷 하나라도 남겨 놓지 않고 이렇게도 흠빡 훔쳐간담. 좌우간 큰일이
었다. 속옷이라도 있으면 어디 촌가(村家 시골집)에라도 들어가서 옷을 빌
리기라도 하련만, 이 발가숭이(벌거숭이) 상태로는 어쩔 도리가 없었다.
더욱이 저녁때가 가까워지면서 기생들을 태운 놀잇배가 능라도로 차차
몰려오고 있었다.

자, 이 일을 어쩌나. 대동강에서 멱 감는 사람이니 속옷만 있어도 버젓
할 것이지만, 발가숭이로—참으로 딱하였다.

놀잇배가 내 매생이 가까이 오기 전에 나는 다시 섬으로 도망해 올라
갔다. 그리고 발가벗은 몸을 수풀 속에 웅크리고 앉았다. 웅크리고 앉기
는 하였지만 참 한심하였다. 웅크리고 앉았다고 하늘에서 옷이 떨어질
바가 아니매, 언제까지든 그 자리에 웅크리고 앉아 있어야 하나? 만약 옷
이 생길 때까지 여기 이렇듯 웅크리고 앉아 있어야 된다면 나는 장래 영
구히 여기 웅크리고 앉아서 말라 죽지 않을 수 없을 것이다. 옷이 하늘에
서 떨어질 바 아니거니 발가벗은 채로 능라도 수풀에서 말라버려야 하
나, 이런 극단의 생각까지 들어서 한심하기 짝이 없었다. 수풀 건너편에
서 들리는 기생들의 노랫소리며, 술꾼들의 혀 꼬부라진 소리가 마치 다
른 세계가 눈앞에 있고, 나는 거기에 참석하지 못하는 듯해서 이상야릇

한 비감(悲感, 슬픈 느낌)까지 들어 기가 막혔다.

그날따라 웬 놀잇배가 그렇게도 많은지 연달아서 능라도로 몰려 올라왔다. 나는 점심도 거르고, 저녁도 굶으며, 밤이 되기까지 수풀 속에서 그대로 웅크리고 있었다. 밤중이면 발가벗고라도 갈 수 있을까? 이런 망상도 하여 보았지만 아무리 밤중이기로서니 평양 대로를 발가숭이가 다녔다는 것은 아직 듣지도 못한 바다.

생각하면 생각할수록 한심해서 정말이지 방성통곡(放聲痛哭, 큰 소리로 몹시 슬프게 우는 일)이라도 하고 싶었다. 그때 누가 속옷 한 벌만 외상을 준다 하면 백 원, 천 원이라도 주저하지 않고 사 입을 지경이었다. 그러나 궁하면 통하는 법이라 나는 드디어 한 묘책을 안출(案出, 생각해냄)하였다. 즉, 도적질을 하기로 한 것이다. 내 옷을 도적맞았으니 남의 옷을 훔치는 것 역시 정당방위라는 괴상한 이론을 세우고서…

그런 뒤 이 발가숭이는 수풀에서 기어 나와 살살 강변으로 기어 내렸다. 그리고 제일 어두운 곳을 택하여 교묘하게 기어서 어떤 놀잇배에 다다랐다. 놀잇배에는 바람이 불 때를 막기 위해 휘장(揮帳, 피륙을 여러 폭으로 이어서 빙 둘러치는 장막)을 준비해두곤 했는데, 날씨 좋은 날은 그것을 걷어 접어서 뱃전에 놓아두었다. 나는 그것을 목표하였다.

사실 도적놈이 어떻게 도적질을 하는지 이 견습(見習, 학업이나 실무 따위를 배워 익힘) 도적은 치(齒, 이)가 떨려서 손을 자유로이 쓰기조차 힘들었다. 거기서 발견되어봤자 좀 창피할 뿐이지 기생이며, 사공, 심지어 요릿집 주인까지라도 나를 절도로는 보지 않을 것이지만, 마치 조선은행 금고라도 깨뜨리려 가는 것만 같아 가슴과 몸이 떨렸다.

결국, 교묘히 훔치기는 하였다. 교묘히 훔쳐내어 가지고 매생이로 돌아와서 몸을 매생이에 실으매, 잠시 숨이 너무 차서 금시 넘어질 듯하였다.

배를 몰래 능라도에서 띄워 가지고 강 중심에 와서 휘장을 몸에 천천히 감았다. 그런 뒤에는 시가쪽 언덕, 그 가운데도 T관이라는 요릿집 앞에 갖다 대었다. 거기서 옷을 빌려 입고 집으로 돌아갈 심산이었다.

T관 뒷문으로 들어가서 사무실로 쑥 들어섰다. 목에서부터 발까지 휘장으로 찬찬히 감은 기괴한 꼴로…

사무실에 있던 그 집 서기(書記)며 보이(boy, 식당이나 호텔 따위에서 접대하는 남자)는 이 괴물의 침입에 모두 비명을 질렀다. 보이 하나는 문을 박차고 도망까지 갔고, 서기는 의자에서 털썩 방바닥으로 떨어져 몸만 와들와들 떨었다. 아마 무슨 유령이라도 출현한 줄 안 모양이었다. 영문 모르고 기생 하나가 사무실 안으로 들어오다가 악하니 뒤로 나가 넘어졌다. 때아닌 큰 소동이 일어난 것이다. 안경을 늘 쓰는 얼굴이 안경까지 없고, 그 위에 머리가 모두 앞으로 늘어지고 흰 헝겊을 목에서 발까지 찬찬히 감은 뒤에 말도 없이(사실 무엇이라고 말을 꺼내야 할지 알지 못하여 나는 한참을 말도 안 하고 있었다) 웅크리고 섰으니 그렇게 보는 것도 당연한 일이다.

거기서 옷을 얻어 입고 집으로 돌아오기는 돌아왔다. 그러나 그때는 너무 창피하여 서기며 보이들에게 함구령을 내려 이 망측스러운 소문을 엄비(嚴祕, 매우 굳게 지켜야 할 비밀)에 붙여 두었다.

— 1934년 1월 《월간 매신》

백마강의 뱃놀이

__ 채만식

여름의 금강산, 삼방약수와 석왕사, 원산 해수욕장과 명사십리의 해당
화 또 하다 못하면 가직한('가까운'의 전라도 사투리) 인천 월미도의 조탕(潮湯, 바
닷물을 데워서 목욕하는 데에 쓰는 물)… 이렇게 쭉 골라 세기만 해도 어찌 좀 선선
해지는 것 같습니다.

기왕이면 얼마나 시원한 맛이 나나 보게 좀 더 자세한 것을 써보았으
면 하겠지만, 원래 그런 곳이라고는 한 번도 가서 놀아본 적이 없으므로
그야말로 자반조기 한 뭇(생선을 묶어 세는 단위. 한 뭇은 생선 열 마리) 사서 달아 매
어놓고 밥 한 숟갈에 한 번씩 쳐다보는 격이나, 얼마 상관이 아닙니다(차
이가 얼마 나지 않습니다).

다만, 작년 여름에 모사(某社)에 있는 덕으로 하기(夏期) 백마강(白馬江, 충
남 부여군 북부를 흐르는 강) 탐방(그 강이 실상은 금강이지만, 중간의 어느 부

분은 백마강이라고 합니다)을 갔던 일이 아직 어렴풋이 기억에 남아 있으니, 그것이나 이용하여(하기야 두 번이나 부려먹기가 좀 창피하기는 하지만) 나처럼 좋은 곳으로 피서를 못 다니는 독자를 위해 간단하고도 비교적 괜찮은 피서 안내나 하나 만들어보려고 합니다.

뜻있는 독자 가운데 한 일 주일 동안 여유가 있거든 삼사 인이 작반(作伴, 동행자나 동무로 삼음)하여 내일이라도 길을 떠나면 그다지 후회하는 일은 없을 것입니다.

준비라야 비용으로 한 20원쯤 들 것이고 함부로 굴러도 관계치 아니할 옷 한 벌이면 그만입니다. 그 밖에 카메라와 간단한 악기를 가지고 가도 좋겠고, 또 담요는 하나 필요하겠습니다. 그리고 8월 10일 전후면 음력으로는 7월 보름이니까 더위도 한창이거니와 밤이면 달까지 있어서 마침 떠나기에, 가서 놀기에 알맞을 때입니다.

푹푹 삶는 듯한 더위와 눈코 뜰 수 없는 먼지의 구렁텅이 서울을 벗어나 서울역에서 아침 열 시에 떠나는 남행 특급열차에 몸을 싣고 앉으면 시원스럽게 달아나는 그 쾌(快)한 속력과 차창으로 들어오는 선선한 바람이 벌써 반(半) 피서는 넉넉히 됩니다.

이 열차 안에서 네 시간가량 창밖 경치를 구경하고 있노라면 오후 두 시가 좀 지나서 대전역에 당도합니다.

대전역에서 잠깐 기다리다가 다시 호남선을 갈아타고 남으로 내려가노라면 다 같이 피서객의 눈을 살지게 하는 푸른 산과 맑은 강, 언덕을 몇 굽이(휘어서 구부러진 곳) 지나 오후 다섯 시쯤 되어서 강경역에 내리게 됩니다.

이 강경이 우리 뱃놀이의 최초 출발지입니다. 최초 출발지니까 다소 준비도 할 겸 또 지리도 서투르니 우선 안내를 받자면 어느 신문지국을 찾아가는 것이 좋습니다. 어디를 가든지 지방의 신문지국에서는 그 지방으로 찾아오는 탐승객(探勝客, 경치 좋은 곳을 찾아다니는 사람)을 예상 이상으로 고맙게 대접하여주니까요.

하여간 아직 남은 해가 멀었으니까 안내하는 사람을 따라 시가를 한 바퀴 휘돌아 앞산(무슨 산이라든지 이름은 잊었지만)에 올라가면 강경 시가의 전폭(全幅, 일정한 범위 전체)을 발아래로 내려다볼 수 있습니다.

그러나 이 강경이라는 곳은 강경평야라는 넓은 들 가운데서 발전한 곳이기 때문에, 다만 상업지대일 뿐, 그다지 경치나 고적(古跡, 옛 문화를 보여 주는 건물이나 터)은 찾을 곳이 되지 못합니다. 물론 약간의 고적과 소위 강경 팔경이라고 하는 몇 군데 좋다는 곳이 없는 것도 아니지만, 뭐 그다지 신통하지 못하고, 또 강을 끼고 있기는 하지만 물이 탁하기 때문에 청신한 맛이 없습니다. 그야말로 강경에 강경 없는 것입니다.

구경을 마치고 나서 여관을 찾아들면 꼭 저녁밥 때가 알맞습니다.

저녁을 먹고 나서 달도 밝고 하니 여관 뒤편에 있는 정산(亭山)에 올라가서 소풍도 하고 또 웬만하면 맥주병이나 깨트리기에 그다지 무료(無聊, 흥미 있는 일이 없어 심심하고 지루함)하지는 아니할 것입니다. 그러나 잊어서 안 될 것은 내일 부여를 거쳐서 공주까지 갈 배 하나를 미리 말하여 둘 것입니다. 물론 자동차로도 넉넉히 갈 수 있지만, 그것은 아무 취미가 없습니다. 또 부여를 왕래하는 장배(시장의 상인이나 물건을 실어 나르는 배)가 있기는 하지만 때마침 그 기회를 만날 수도 없는 것이고, 또 장배를 타고 가노라면 중간에서 마음대로 놀 수가 없습니다. 한 십 원 주면 사공 딸린 조그마한 범선 하나를 빌릴 수 있습니다.

또 한 가지는 강경에 소년군(少年軍, 보이스카우트를 말하는 것으로 추정됨)이 있으니 천막 하나와 자취도구를 좀 주선하고, 조그마한 고기 그물 한 채를 빌어서 배에 실어두면 반드시 쓸 곳이 있을 것입니다. 그 밖에 쌀이나 몇 되 하고, 빵 몇 덩이, 간즈메(통조림)통이나 사서 가면 넉넉하겠습니다. 거기에 맥주 다스(물건을 열두 개씩 묶어서 세는 단위를 나타내는 말)나 있으면 해롭지는 않겠지요.

밝는 날 느직이(일정한 때보다 좀 늦게) 선창으로 나아가서 준비하여 둔 배를 타고 백마강 뱃놀이의 첫길을 떠납니다.

먼저도 말한 바와 같이 강물은 얼마 가는 동안까지 매우 탁합니다. 그러나 그것은 잠깐이고 차차 가는 동안 점점 맑아지기 시작합니다.

맑고 푸른 강물에 돛대를 넌지시 달고 소리 없이 미끄러져 올라가면서 고요한 바람결에 들려오는 뱃사공의 콧노래도 듣고, 뱃전에 나앉아 시원한 찬물에 발도 잠가보고, 때때로 배를 버리고 백모래사장에 뛰어내려 한참 걸어가면서 사지를 마음껏 내어 뻗고 소리도 쳐보고, 얕은 물을 만나거든 옷을 활활 벗어 내던지고 목욕도 하여보고, 그물을 던져 한두 마리 걸리는 고기도 잡아보고, 또 가다가는 강 언덕의 주막에 올라가 백마강의 별미인 우어(이 우어는 대동강과 한강, 금강 세 군데서밖에는 나지 않습니다)회에 입맛을 다시면서 맥주잔이나 마시기도 하고. 이렇게 천천히 가는 대로 가노라면 이른 석양에 대왕벌(王場里)에 다다라 부여의 엿바위(窺巖津)를 가까이 바라볼 수 있습니다.

물론 빨리 서둘면 강경에서 부여까지 세 시간이면 넉넉하지만, 결코 그렇게까지 할 필요는 없는 것입니다.

엿바위에 배를 대고 언덕에 내려 조금 가노라면 자온대(自溫臺, 백마강에 솟아 있는 높이 20m의'바위)가 있습니다. 그리고 수북정(水北亭, 백마강 절벽에 있는 누각)이 언덕에서 강물을 굽어보며 위태로이 서 있습니다.

이 두 곳에 발을 잠깐잠깐 멈추었다가 다시 엿바위 나루를 건너 한 오리쯤 가면 그곳이 바로 우리 백제의 옛 도읍터 부여문입니다.

부여, 부여, 우리의 역사 가운데 가장 눈물겨운 멸망의 페이지를 채운 백제의 옛 서울!

한 번 발을 들여놓으면 길가에 성긴 이름 모르는 풀포기와 하늘에 떠다니는 무심한 구름까지도 창연한 빛으로 우리를 맞이하는 듯합니다.

도착하면서 바로 고적을 찾아가는 것도 좋습니다. 그러나 달이 있을 터이니 일단 저녁으로 미루고, 우선 여관을 찾아들어 잠깐 쉬는 것이 좋습니다. 그리고 나서 저녁밥을 마치고 달이 돋아 오르거든 부소산(扶蘇山,

백마강 기슭에 있으며, 백제의 옛 궁터 · 영월대 · 낙화암 · 고란사 · 사자루 등의 고적이 있다)에 올라가 우선 천고의 한을 머금고 어둑한(제법 이두운) 비각(碑閣) 속에 말없이 서 있는 유인원(劉仁願, 백제를 멸망시킨 당나라 장수) 장군의 비에 점두(點頭, 승낙하거나 옳다는 뜻으로 머리를 약간 끄덕임)를 하고 그 길로 사자루(부소산성에서 가장 높은 위치에 자리 잡고 있는 누각)에 올라갑니다.

사자루는 근래에 지은 것이라 고적이라고 일컬을 것은 못 되지만 바로 발밑으로 흐르는 백마강의 푸른 물을 굽어보며 벌써 옛날에 지고 없는 낙화암의 삼백 수중 원혼을 안돈(安頓, 마음이나 생각 따위가 정리되어 안정됨. 또는 그렇게 되게 함)시키는 듯이 이른 아침과 늦은 저녁에 고요히, 고요히 울리는 고란사(皐蘭寺, 백제 말기에 창건한 것으로, 절 앞에는 백마강이 흐르고, 절 뒤 돌 틈에 고란초가 있다)의 종소리를 들으면서 발길을 두루 옮기기에 매우 알맞은 곳입니다.

시취(詩趣, 시적인 정취) 깊은 이가 술잔이나 기울이고 시나 몇 구 읊으면서 고요히 잠자는 옛 부여 일대를 상상하노라면 일종의 형언할 수 없는 깊은 명감(銘感, 남이 베푼 은혜를 마음속 깊이 새기어 감사함)을 맛볼 수가 있습니다. 달이 밝고 먼지가 걷혔는데 주흥(酒興, 술을 마신 뒤에 취하여 일어나는 흥취)까지 띠었으니, 밤이야 깊건 말건 오래도록 놀다가 돌아오는 길에 평제탑(平濟塔, 정림사지 5층 석탑의 다른 이름으로 일본에 의해 당나라가 백제를 멸망시키고 세운 탑으로 잘못 알려지기도 했다) — 이 탑이 만일 귀가 있어서 들을 수 있다면, 발버둥 치게 원통한 이름을 듣고 있는 기실(사실은)의 왕흥탑(王興塔, 왕실을 흥하게 하려고 세운 탑) — 을 잠깐 구경하는 것이 좋습니다. 또 길이 험하기는 하지만 사자루에서 바로 고란사를 들려보는 것도 좋습니다.

밝는 날이 떠난 지 사흘째 되는 날입니다.

느직이 일어나 다시 몇 군데 구경할 만한 곳을 둘러보고 어제 배를 매어두었던 엿바위로 나아가서 돛을 고쳐 달고 공주(公州)로 향하여 떠나갑니다.

엿바위에서 떠나 수북정(水北亭)을 돌아보면서 한 십 분 가노라면 바른편 강 언덕 산이 다다른 곳에 깎아지른 어마어마한 바위가 오랜 비바람에 시달린 자취로 고색창연하게 서 있으니, 이가 곧 낙화암(落花巖, 백제가 망할 때 삼천 궁녀가 이곳에서 백마강에 몸을 던져 죽었다는 전설이 있는 바위)입니다.

낙화암! 낙화암! 옛일을 알면서도 말이 없는 낙화암! 수많은 가인재자(佳人才子, 재주 있는 남자와 아름다운 여자를 아울러 이르는 말)를 울리는 낙화암! 그러나 낙화암은 말이 없고, 배 역시 무심히 지나가니, 역시 가는 길을 길게 멈출 수는 없습니다.

낙화암을 지나 비회(悲懷, 마음속에 서린 슬픈 시름이나 회포)가 더욱 가라앉을 만하면 강물은 더욱 맑아지고 강 언덕의 세사(細沙, 가늘고 고운 모래)는 더욱 희어집니다.

역시 어제 하루처럼 즐겁고 시원스럽게 천천히 올라갑니다.

가다가 날이 저물고 물새가 강물을 차고 날아들어 지저귈 때쯤이면 금성리라는 공주 땅에 다다를 수 있습니다.

오늘 저녁은 야영입니다. 하기야 주막에 들어가서 잘 수 없는 것은 아니지만, 그것은 재미가 적고, 음식이 나쁠 뿐만 아니라 모기와 빈대, 벼룩

이 생으로 사람을 물어가려고 하니 웬만하면 피해야 합니다.

하기야 기왕 갖고 간 자취도구와 천막이 있겠다, 강 언덕 마른 곳을 가리어 천막을 치고, 주막집에 가서 나무를 얻어다가 섣부른 솜씨나마 저녁밥을 짓습니다. 생선을 살 수 있거든 주모에게 국을 끓여 달라는 것도 좋겠지요.

이렇게 해서 둘러앉아서 먹노라면 아마 그 맛이 조선호텔에 가서 십 원 가까이 내는 정식보다 몇 곱절 나을 것입니다.

저녁을 먹고 나면 동편인 듯싶은 산봉우리에서 달이 우렷이(눈앞에 보이거나 떠오르는 모양 따위가 좀 희미한 가운데 은근하면서도 뚜렷하게) 떠오릅니다. 달이 오르거든 다시 배로 돌아와 그물질을 합니다. 물이 얕아서 그다지 어렵지는 않겠지만, 우리 재주로는 아무리 해도 몇 사람이 먹을 고기를 잡을 수 없을 터이니, 한편으로 주막 사람에게 부탁하여 얼마간 잡아달라는 것이 좋습니다.

고기가 잡히거든 주모에게 쥐 회를 쳐서 배에 올라앉아 사가지고 간 맥주병을 터트리면서 먹습니다. 혹은 달을 우러러보며, 혹은 은빛 같은 고기가 잠방잠방 뛰노는 물을 굽어보면서 한 잔 두 잔 마시는 그 맛은 결코 소동파가 적벽강에서 놀던 것만 못하지 아니할 것입니다. 하물며 인내(人臭, 사람 냄새)와 음내(淫臭, 음습한 기운)가 물씬거리는 통속 피서지에 가서 뇌꼴스러운(보기에 아니꼽고 얄미우며 못마땅한 데가 있는) 꼴을 보는 것 같겠습니까.

있는 대로 마시고, 마음대로 놀고, 노래 부르고, 소리 치고 나서 적이 밤이 깊거든 주막집에 가서 섬거적(섬을 만들려고 엮은 거적이나 섬을 뜯은 거적)을 빌려다 천막 안에 펴고, 갖고 갔던 담요를 덮고 하룻밤을 새웁니다.

이튿날 아침에는 어제저녁에 먹고 남은 생선으로 주모의 손을 빌려 얼큰하게 국을 끓이고 역시 손수 지은 밥을 먹고 다시 배를 띄워 올라갑니다.

역시 어제와 그저께 똑같은 하루를 보냅니다. 같은 짓을 사흘이나 되풀이하면 싫증이 날 것 같으나, 실상 당해보면 그렇지도 않습니다. 도리어 얼마든지 더 계속하고 싶습니다.

석양(夕陽, 저녁 무렵)에 공주 곰나루(熊津)를 지납니다. 곰나루에서 조금 더 가면 공주의 입문인 배다리에 배를 대게 됩니다.

이 공주가 백제의 처음 도읍지인데, 우리는 여기서 백마강 뱃놀이를 마칩니다. 타고 왔던 배는 배다리에서 작별하고, 우선 여관을 찾아들어 하룻밤을 편히 쉽니다.

밤을 지내고 이튿날 아침에 대강 볼만한 곳을 구경하고 나서 마지막으로 배다리 위에 뱃놀이를 꾸미는 것도 무료하지는 아니합니다. 공주가 그래도 시골로는 번화한 곳인 만큼 뱃놀이도 도회 풍조로 할 수 있습니다.

이것으로 피서를 마치고 자동차로 조치원까지 나와서 밤차로 서울로 돌아옵니다.

끝으로 필자의 붓이 서툴러서 독자의 마음이 당기도록 사실을 여실히(如實—, 사실과 꼭 같이) 재미있게 쓰지는 못하였으나, 실제로 한 번 가 보게 되면 그 맛을 알 것입니다.

_1927년 7월 《현대평론》

___ **채만식**

민족이 처한 현실을 풍자적이고 해학적으로 표현해 풍자소설의 대가로 불린다. 계급적 관념의 현실 인식 감각과 전래의 구전문학 형식을 오늘에 되살리는 특유한 진술 형식을 창조했다. 주요 작품으로 단편 <레디메이드 인생>과 <태평천하>를 비롯해 장편 《탁류》 등이 있다.

산 그림자는 집과 집을 덮고
풀밭에는 이슬 기운이 난다
질동이를 이고 물 깃는 처녀는
걸음걸음 넘치는 물에 귀밑을 적신다.

올감자(제철보다 일찍 되는 감자)를 캐어 지고 오는 사람은
서쪽 하늘을 자주 보면서 바쁜 걸음을 친다.
살진 풀에 배부른 송아지는
게을리 누워서 일어나지 않는다.

등거리만 입은 아이들은
서로 다투어 나무를 안아 들인다.
하나씩 둘씩 돌아가는 까마귀는
어디로 가는지 알 수가 없다.

__ **한용운, 〈산촌의 여름 저녁〉**

Part 2

새벽하늘에는
별이 총총히 빛나고

산촌여정

_이 상

── **성천 기행 중의 몇 절**

1

향기로운 MJB(미국산 '커피' 상표)의 미각을 잊어버린 지도 이십여 일이나 됩니다. 이곳은 신문도 잘 아니 오고, 체전부(우체부)는 이따금 하도롱(hard-rolled paper, 다갈색 종이로 봉투나 포장지를 만듦) 빛 소식을 가져옵니다. 거기에는 누에고치와 옥수수의 사연이 적혀 있습니다. 마을 사람들은 멀리 떨어져 사는 친척 때문에 걱정이 이만저만 한 것이 아닌가 봅니다. 나도 도시에 남기고 온 일이 걱정됩니다.

건너편 팔봉산에는 노루와 멧돼지가 산다고 합니다. 기우제를 지내던 개골창(수챗물이 흐르는 작은 도랑)까지 내려와서 가재를 잡아먹는 '곰'을 본 사람도 있답니다. 동물원에서밖에 볼 수 없는 동물들을 직접 봤다니, 놀라울 따름입니다. 산에 있는 동물을 사로잡아다가 동물원에 가둔 것이 결코 아닙니다. 그래서인지 동물원에 있는 동물을 산에다 풀어놓은 것만 같은 생각이 자꾸 듭니다.

달도 없는 그믐칠야(漆夜, 옻칠한 듯 어두운 밤)면 팔봉산도 사람이 침소에 들 듯 어둠 속으로 완전히 사라지고 맙니다. 하지만 공기는 수정처럼 맑고, 별빛만으로도 충분히 좋아하는 《누가복음》을 읽을 수 있습니다. 참별 역시 도시보다 갑절이나 더 많이 뜹니다. 너무 조용해서 별이 움직이는 소리가 들릴 것만 같습니다.

객줏집 방에는 석유 등잔을 켜놓습니다. 도시의 석간(夕刊, 저녁에 발행하는 신문)과 같은 그윽한 냄새가 소년 시절의 꿈을 부릅니다.

정 형! 그런 석유 등잔 밑에서 밤이 깊도록 '호까' — 연초갑지(煙草匣紙, 담배를 싸는 종이)를 붙이던 생각이 납니다. 벼쨍이(베짱이)가 한 마리가 등잔에 올라앉았더니, 연둣빛 색채로 혼곤한 내 꿈에 영어 'T'자를 쓰고, 유(類, 부류) 다른 기억에다는 군데군데 '언더라인'을 그어 놓습니다. 이에 나는 슬퍼하는 것처럼 고개를 숙이고 도시의 여차장이 차표 찍는 소리와도 같은 그 음악을 가만히 듣습니다. 그러면 그것이 또 이발소 가위 소리와도 같아, 눈을 감고 가만히 그 소리를 들어봅니다. 그리고 비망록을 꺼내어 머룻빛 잉크로 산촌의 시정(詩情, 시적인 정취)을 기록하기 시작합니다.

그저께 신문을 찢어버린

때 묻은 흰나비

봉선화는 아름다운 애인의 귀처럼 생기고

귀에 보이는 지난날의 기사

얼마 후면 목이 마릅니다. 자리물(밤에 자다가 마시기 위하여 잠자리의 머리맡에 준비하여 두는 물) ─ 심해처럼 가라앉은 냉수를 마십니다. 석영질 광석 냄새가 나면서 폐부(肺腑, 허파)에 한란계(寒暖計, 온도계) 같은 길을 느낍니다. 백지 위에 싸늘한 곡선을 그리라면 그릴 수도 있을 것 같습니다.

푸른 돌을 얹은 지붕에 별빛이 내리면 한겨울에 장독 터지는 것 같은 소리가 납니다. 벌레 소리 역시 요란합니다. 가을이 엷어서 한 장 적을 만큼 천천히 오기 때문입니다. 이런 때 무슨 재주로 광음(光陰, 시간의 흐름)을 헤아리겠습니까?

맥박소리가 방 안을 시계로 만들어버리고, 그 장침과 단침(시계의 두 바늘)의 나사못이 돌아가느라 양쪽 눈이 번갈아 간질간질합니다. 코로 기계 기름 냄새가 드나듭니다. 석유 등잔 밑에서 졸음이 오는 기분입니다.

'파라마운트(미국의 영화 제작회사)' 상표처럼 생긴 도시 소녀가 나오는 꿈을 조금 꿉니다. 그러다가 도시에 남겨두고 온 가난한 식구들을 꿈에서 봅니다. 그들은 마치 사진 속의 포로처럼 나란히 늘어서 있습니다. 그리고 내게 걱정을 안깁니다. 그러면 그만 잠이 확 깨어버립니다.

차라리 죽어버릴까란 생각을 해봅니다. 벽의 못에 걸린 다 해어진 내 저고리를 쳐다봅니다. 그러고 보니, 그것은 서도천리(西道千里, 황해도와 평안도)를 나를 따라서 여기에 와 있습니다, 그려!

2

등잔 심지를 돋우고 불을 켠 후 비망록에 철필로 군청 빛 '모'를 심어갑니다. 불행한 인구가 그 위에 하나하나 탄생합니다. 조밀한 인구가—

'내일은 온종일 화초만 보고 탈지면(脫脂綿, 불순물이나 지방 따위를 제거하고 소독한 솜)에다 '알코올'을 묻혀서 온갖 근심을 문지르리라'는 생각을 해봅니다. 너무나 꿈자리가 뒤숭숭해서 그렇습니다. 화초가 피어 만발하는 꿈, '그라비어(Gravur, 사진 제판에 사용되는 인쇄법)' 원색판 꿈, 그림책을 보듯이 즐겁게 꿈을 꾸고 싶습니다. 간단한 설명을 위해 상쾌한 시를 지어서 칠(七) '포인트' 활자로 배치하는 것도 좋을 것 같습니다.

도시에 화려한 고향이 있습니다. 활엽수만으로 된 산이 고향의 시각을 가려 버린 이 산촌에 팔봉산 허리를 넘는 철골전신주가 소식의 제목만을 부호로 전하는 것 같습니다.

아침에 볕에 시달려서 마당이 부스럭거리면 그 소리에 잠을 깹니다. 하루라는 '짐'이 마당에 가득한 가운데 새빨간 잠자리가 병균처럼 움직입니다. 잔 석유 등잔에 불이 아직 켜져 있습니다. 그 안에 사라진 밤의 흔적이 낡은 조끼 '단추'처럼 고스란히 남아 있습니다. 이는 어젯밤을 다시 방문할 수 있는 '요비링(초인종)'입니다.

지난밤의 체온을 방 안에 내던진 채 마당으로 나갑니다. 마당 한 모퉁이에는 화단이 있습니다. 불타오르는 듯한 맨드라미꽃 그리고 봉선화. 지하에서 빨아올리는 이 화초들의 정열에 호흡이 부쩍 더워집니다. 여기 처녀들 손톱 끝에 물들일 봉선화 중에는 흰 것도 섞여 있습니다. 흰 봉선화도 붉게 물들까? — 조금도 이상스러울 것 없이 흰 봉선화는 꼭 두서니 빛으로 곱게 물들 것입니다.

수수깡 울타리에 '오렌지' 빛 여주가 열려, 강낭콩 넝쿨과 어우러져 '세피아' 빛을 배경으로 한 폭의 병풍을 연출합니다. 그 끝에는 노란 호박꽃이 피어 있는데, 소박하면서도 대담한 그 위로 '스파르타'식 꿀벌이 한 마리 앉아 있습니다. 그것은 녹황색에 반영되어 '세실. B. 데밀(미국의 유명한 영화감독으로 〈십계〉, 〈삼손과 델릴라〉 등을 만듦)'의 영화처럼 화려하기만 합니다. 귀를 기울이면 '르네상스' 응접실에서 들리는 선풍기 소리가 납니다.

야채 사라다에 놓이는 아스파라거스 잎사귀 같은 또 무슨 화초가 있습니다. 객주집 아해(아이)에게 물어 봅니다. '기상꽃' — 기생화란 말입니다.

무슨 꽃이 피나 — 진홍 비단 꽃이 핀답니다.

조상들이 지정하지 아니한 '조 세트(우아한 여름 옷감)' 치마에 '웨스트민스터(영국 담배 이름)'를 감아놓은 것 같은 도시 기생의 아름다움을 떠올려 봅니다. 박하보다도 훈훈한 '리그래 츄잉껌(미국 껌 이름)' 냄새, 두꺼운 장부를 넘기는 듯한 그 입맛 다시는 소리 — 그러나 여기에 필 기생 꽃은 분명히 혜원(조선 시대 화가 신윤복의 호)의 그림에서 본 것 같은 — 혹은 우리가 어린 시절 봤던 인력거에서 홍일산(붉은색 양산)을 바쳐 쓰던 지난날 삽화 속의 기생일 것입니다.

청둥호박(겉이 단단하고 씨가 잘 여문 호박)이 열렸습니다. 호박꽃 자리에 무 시루떡 — 그 훅훅 끼치는 구수한 냄새를 좇아서 증조할아버지의 시골뜨기 망령은 정월 초하룻날 또는 한식날 우리를 찾아오는 것입니다. 그러나 저 국가 백 년의 기반을 생각하게 하는 넓적하고도 묵직한 안정감과 침착한 색채는 '럭비' 공을 안고 뛰는 이 '제너레이션(Generation, 세대)'의 젊은 용사의 굵직한 팔뚝을 기다리는 것 같습니다.

유자가 익으면 껍질이 벌어지면서 속이 삐져나온다고 합니다. 하나를 따서 실 끝에 매어 방에다 걸어둡니다. 물방울 져서 떨어지는 풍염(豊艶, 얼굴 생김새가 살지고 아름다움)한 미각 밑에서 연필처럼 수척해져 가는 이 몸에도 조금씩 살이 오르는 것 같습니다. 그러나 이 채소도, 과일도 아닌 '유머러스'한 용적에는 아무런 향기도 없습니다. 세숫비누에 한 겹씩 한 겹씩 해소되는 도시의 육향(肉香, 주로 여자에게서 나는 살 냄새)만이 방 안을 배회할 뿐입니다.

3

팔봉산 올라가는 초경(草徑, 수풀로 덮인 지름길) 입구 모퉁이에 최○○ 송덕

비(頌德碑, 공덕을 기리기 위해 세운 비)와 또 ○○○○ 아무개의 영세불망비(永世不忘碑, 영원히 잊지 말라는 뜻에서 세우는 비)가 항공우편 '포스트'처럼 서 있습니다. 듣자하니, 그들은 아직 다들 생존해 있다고 합니다. 우습지 않습니까?

교회가 보고 싶었습니다. 그래서 '예루살렘' 성역으로부터 수만 리 떨어져 있는 이 마을의 농민들까지도 모두 사랑하는 신 앞으로 회개하게 하고 싶었습니다. 발길이 찬송가 소리 나는 곳으로 갑니다.

누군가 포플러나무 아래 '염소' 한 마리를 매어 놓았습니다. 구식으로 수염이 났습니다. 나는 그 앞에 가서 그 총명한 동공을 들여다봅니다. '세룰로이드'로 만든 정교한 구슬을 '오브라――드(oblato, 전분으로 만든 얇은 원형의 부편. 투명한 전분지)'로 싼 것 같이 맑고, 투명하고, 깨끗하고, 아름답습니다. 도색(桃色, 복숭아색) 눈자위가 움직이면서 내 삼정(三停, 머리와 이마의 경계 및 코끝과 턱 끝)과 오악(伍岳, 이마·코·턱·좌우 관골)이 고르지 못한 빈상(貧相, 가난한 관상)을 업신여기는 중입니다.

옥수수밭은 일대 관병식(觀兵式, 군대의 행진을 지켜보는 예식)입니다. 바람이 불면 갑주(甲冑, 갑옷과 투구) 부딪치는 소리가 우수수 납니다. '카민(carmine, 연지벌레에서 뽑아낸 홍색 물감)' 빛 꼬고마(군인이 병거지에 꽂던 붉은 털)가 뒤로 휘면서 너울거립니다.

팔봉산에서 총소리가 들렸습니다. 장엄한 예포 소리가 분명합니다. 그러나 그것은 내 곁에서 소조(小鳥, 작은 새)의 간을 떨어뜨린 공기총 소리였습니다. 그러면 옥수수 밭에서 백·황·흑·회, 또 백, 가지각색의 개가 퍽 여러 마리 열을 지어서 걸어 나옵니다. '센슈얼'한 계절의 흥분이 이 '코사크(Cossack, '카자흐스탄'의 영어식 이름)' 관병식을 한층 더 화려하게 합니다.

산삼이 풀어져 흐르는 시내의 징검다리 위에는 백채(白菜, 흰 채소) 씻은 자취가 남아 있습니다. 풋김치의 청신(淸新, 푸릇푸릇하고 풋풋함)한 미각이 안약 '스마일'을 연상시킵니다. 화성암으로 반들반들한 징검다리 위에 삐뚤어진 N자처럼 쪼그리고 앉아 있으면 물동이를 머리에 인 채 주저하는 두 젊은 새색시가 다가옵니다. 이에 미안해서 일어나기는 하지만 일부러 마주 보며 걸어가 그녀들과 스칩니다. '하도롱' 빛 피부에서 푸성귀(사람이 가꾼 채소나 저절로 난 나물 따위를 통틀어 이르는 말) 냄새가 납니다. '코코아' 빛 입술은 머루와 다래로 젖어 있습니다. 나를 쳐다보지 못하는 동공에는 정제된 창공이 '간쓰메(통조림)'가 되어 있습니다.

M백화점 '미소노(1930년대 일제 화장품 이름)' 화장품 '스윗걸(Sweet girl)'이 신은 양말은 이 새색시들의 피부색과 똑같은 소맥(밀) 빛이었습니다. 삐뚜름하게 붙인 유선형 모자 고양이 배에 '화—스너(Fastener, 지퍼나 클립고 같이 분리된 것을 잠그는 데 쓰는 기구의 총칭)를 장치한 가벼운 '핸드백' — 이렇게 도시의 참신한 여성을 연상해 봅니다. 그리고 새벽 '아스팔트'를 구르는 창백한 공장 소녀들의 회충과도 같은 손가락을 떠올립니다. 이렇듯 온갖 계급의 도시 여인들의 연약한 피부를 통해 그네들의 육중한 삶을 느끼지 않습니까?

4

가난하지만 무명처럼 튼튼한 피부에는 오점이 없고, '츄잉껌', '초콜레이트' 대신 달짝지근한 꼬아리(꽈리)를 부는 이 숭굴숭굴한 시골 새색시들을 나는 더 알고 싶습니다. 축복해주고 싶습니다.

교회는 보이지 않습니다. 도시 사람들의 교활한 시선이 수줍어서 수풀 사이로 숨어버리고 종소리의 여운만이 근처에 냄새처럼 남아서 배회하고 있습니다. 혹 그것은 안식을 잃은 내 영혼이 들은바, 환청에 지나지 않았는지도 모릅니다.

조밭 한복판에 높은 뽕나무가 있습니다. 뽕 따는 새색시가 전공부(電工夫, 전기기사)처럼 나무 위에 높이 올랐습니다. 거기에는 순백의 가장 탐스러운 과일이 열려 있습니다. 두 명은 나무에 오르고, 한 명은 나무 아래서 다랭이(대야)를 채우고 있습니다. 한두 잎만 따도 다랭이가 철철 넘치는 민요의 무대면(舞臺面, 무대 위에 나타나는 장면이나 정경)입니다.

조 이삭은 모두 말라 죽었습니다. '코르크'처럼 가벼운 이삭이 근심스럽게 고개를 숙였습니다. 오 — 비야, 좀 오려무나. 해면처럼 물을 빨아들이고 싶어 죽겠습니다. 그러나 하늘은 구름 한 점 없이 푸르고, 맑으며, 부숭부숭(핏기 없이 조금 부은 듯한 모양)할 뿐입니다. 마치 깊지 않은 뿌리의 SOS 암반 아래를 흐르는 지하수에 다다를 지경입니다.

두 소년이 고무신을 벗어들고 시냇물에 발을 담궈 고기를 잡습니다. 지상의 원한이 스며 흐르는 정맥 — 그 불길하고 독한 물에 어떤 어족이 살고 있는지 — 시내는 대지의 신열을 뚫고 벌판이 기울어진 방향으로 흐르고 있습니다. 그것은 가을의 풍설(風說, 바람처럼 떠도는 소문)입니다.

혹시 가을이 올 터인데, 와도 좋으냐?고 쏘근쏘근(소곤소곤)하지 않습니까? 조 이삭이 초례청(醮禮廳, 초례를 치르는 장소) 신부가 절할 때 나는 소리처럼 부스스— 구깁니다. 노회한 바람이 조 이파리에 난숙(爛熟, 너무 익음)을 최촉(催促, 재촉)하는 것입니다. 하지만 조의 마음은 푸르고 초조하며 어릴 뿐입니다.

조밭을 어지럽힌 사람은 누구일까요? — 기왕 한 될 조여든 — 그런 마음으로 그랬을까요? 몹시도 어지럽혀 놓았습니다. 누에 — 호호(戶戶, 집집)에 누에가 있습니다. 조 이삭보다도 굵직한 누에가 삽시간에 뽕잎을 먹습니다. 이 건강한 미각은 왕후와 같이 존경스러우며 치사(侈奢, 사치와 같은 말)합니다.

새색시들은 뽕 심부름하는 것으로 마지막 영광을 삼습니다. 그러나 뽕이 떨어졌습니다. 온갖 폐백이 동난 것처럼 새색시들의 정열 역시 빛이 바랩니다. 어둠을 틈타 새색시들은 경장(輕裝, 가벼운 옷차림)으로 나섭니다. 얼굴의 홍조가 가리키는 방향으로 — 뽕나무에 우승컵이 놓여 있습니다. 그리로만 가면 되는 것입니다.

조밭을 짓밟습니다. 자외선에 맛있게 불태운 새색시들의 발이 그대로 조 이삭을 밟고 '스크럼(Srcum, 여럿이 팔을 바싹 끼고 횡대를 이루는 것)'을 짭니다. 그리하여 하늘에 닿을 지성이 천고마비 잠실(누에가 있는 방) 안에 있는 성스러운 귀족 가축들을 살찌게 하는 것입니다. '콜레트 부인(프랑스의 여류 소설가)의 〈빈묘(牝猫, 암고양이)〉을 생각하게 하는 말캉말캉한 '로맨스'입니다.

5

간이학교(일제 강점기에 학교에 취학하지 못한 아이들에게 초등 교과 과정을 2년 동안에 마치도록 한 보통학교 부설 속성 초등학교) 곁집 길가에서 들여다보이는 방 안에서 누에 틀 소리가 납니다. 편발처녀(머리를 땋아 내린 처녀)가 맨발로 기계를 건드리고 있습니다. 기계는 허리를 스치는 가느다란 실이 간지럽다는 듯이 깔깔거리며 웃고 있습니다. 웃으며, 지근대며 명산 ○○ 명주가 짜여 나오니, 열댓 자 수건이 성묘 갈 때 입을 때때옷을 만들고, 시집살이 설움을 씻어주며, 또 꿈과 꿈을 말소하는 쓰레받기도 되고 — 이렇게 실없는 내 환희입니다.

담뱃가게 곁방 안에는 오늘 황혼을 미리 가져다 놓았습니다. 침침한 몇 '갤런(Gallon, 부피의 단위로 정확한 표현은 갤런이다)'의 공기 속에 생생한 침엽수가 울창합니다. 황혼에만 사는 이민 같은 이국 초목에는 순백의 갸름한 열매가 무수히 열렸습니다. 고치 — 귀화한 '마리아'들이 최신 지혜의 과일을 단려(端麗, 단정하고 아름다운)한 맵시로 따고 있습니다. 그 아들의 불행한 최후를 슬퍼하며 '크리스마스트리'를 헐어 들어가는 '피에다(Pieta, 예수의 시체를 안고 슬퍼하는 마리아상) 화폭 전도입니다.

학교 마당에는 '코스모스'가 피어 있고 생도들은 글을 배우고 있습니다. 그들은 열심히 간단한 산술을 놓아 그들의 정직과 순박함을 지혜와 교활로 환산하고 있습니다. 탄식할 이식산(利息算, 이자 계산)이 아니고 무엇이겠습니까?

족보를 찢어 버린 것과 같은 흰 나비 두어 마리가 분필 냄새 나는 화단 위에서 번복(飜覆, 고치거나 바꾸는 일)이 무상합니다. 또 연식 '테니스' 공의 마개 뽑는 소리가 음향의 흔적이 되어서는 등고선의 각 점 모양으로 남아 있는 것 같습니다. 이 마당에서 오늘 밤에 금융조합 선전 활동사진회가 열립니다. 활동사진? 세기의 총아 — 온갖 예술 위에 군림하는 '넘버' 제8 예술의 승리. 그 고답적이고도 탕아적인 매력을 무엇에다 비하겠습니까? 그러나 이곳 주민들은 활동사진에 대해서 한낱 동화적인 꿈을 갖고 있습니다. 그림이 움직일 수 있는 이것은 홍모(紅毛, 붉은 머리) 오랑캐의 요술을 배워 온 것입니다. 참으로 부러운 재주입니다.

활동사진을 보고 난 다음에 맛보는 담백한 허무 — 장주(莊周, 장자)의 호접몽이 이랬을 것입니다. 나의 둥글납작한 머리가 그대로 '카메라'가 되어 피곤한 '더블렌즈(Double lens)'로 나마 몇 번이나 이 옥수수가 무르익어가는 초추(初秋, 초가을)의 정경을 촬영하고 영사하였던가? — '플래시백(Flashback, 영화에서 과거를 회상하는 장면)'으로 흐르는 엷은 애수 — 도시에 남아 있는 몇몇 고독한 '팬'에게 보내는 단장(斷腸, 애를 끊임)의 '스틸(Still, 영화 장면을 사진기로 찍어 확대 인화한 사진)'입니다.

6

밤이 되었습니다. 초열흘 가까운 달이 초저녁이 조금 지나면 나옵니다. 마당에 멍석을 펴고 전설 같은 시민이 모여듭니다. 죽음기 앞에서 고개를 갸웃거리는 북극 '펭귄'들과 무엇이 다르겠습니까. 짧고 기다란 삶을 적어 내려갈 편전지(便箋紙, 편지지) ― '스크린'이 박모(薄暮, 땅거미) 속에서 '바이오그래피(Biography, 전기)'의 예비표정입니다. 내가 있는 건너편 객줏집에 든 도시풍 여인도 왔나 봅니다. 사투리의 합창이 마당 안에서 들립니다.

자, 이제 시작되었습니다.

부산 잔교(棧橋, 부두에서 선박에 걸쳐놓아 화물을 싣고 부리거나 선객이 오르내리게 된 다리)가 나타납니다. 평양 모란봉도 보이네요. 압록강 철교도 보입니다. 하지만 박수갈채를 받은 명감독의 얼굴이 보이지 않습니다.

십분 휴식시간에 조합 이사의 통역이 있었습니다. 달은 구름 속에 있습니다. 금연―이라는 느낌입니다. 통역하는 이사 얼굴에 전등의 '스포트라이트(Spotlight)'도 비쳤습니다. 산천초목이 모두 경동할 일입니다. 전등―이곳 촌민들은 ○○행 자동차 '헤드라이트' 외에 전등을 본 일이 결코 없습니다. 그 눈부시게 밝은 광선속에서 창백한 이사는 강단(降壇, 단상에서 내려옴)하였습니다. 우매한 백성들은 이사의 통역에 단 한 사람도 박수를 치지 않았습니다. ―물론 나 역시 그 우매한 백성 중 하나일 수밖에 없었습니다만―

밤 열한 시가 지나자, 영화감상은 '해피엔드'로 끝이 났습니다. 조합원과 영사기사는 단 하나밖에 없는 음식점에서 위로회를 열었습니다. 나는 객사로 돌아와서 죽어가는 등잔 심지를 돋우고 독서를 시작했습니다. 이웃 방에 묻고 있는 노신사께서 내 게으름과 우울을 훈계하는 뜻으로 빌려주신 것으로, 고우다 로한(辛田露伴) 박사가 지은 《인의 도》라는 진서(珍書, 귀중한 책)입니다.

멀리서 개소리가 끊임없이 들려옵니다. 그윽한 '하이칼라' 방향(芳香, 꽃다운 향기, 좋은 냄새)을 못 잊는 사람들이 아직 헤어지지 않았나 봅니다. 구름이 걷히고 달이 나왔습니다. 벌레 소리가 마치 무도회의 창문이라도 열어놓은 것처럼 요란스럽기 그지없습니다.

알지도 못하는 낯선 이를 사모하는 도회인적인 향수가 있습니다. 신간 잡지의 표지처럼 신선한 여인들 — '넥타이'와 동갑인 신사들, 그리고 창백한 여러 친구 — 나를 기다리지 않는 고향 — 도시에 내 나체의 말을 번역해서 보내주고 싶습니다. 잠 — 성경을 채자(探字, 좋은 글을 가려 뽑음) 하다가 엎질러 버린 인쇄 직공이 아무렇게나 주워 담은 지리멸렬한 활자의 꿈. 나도 갈가리 찢어진 사도가 되어서 세 번 아니라 열 번이라도 굶은 가족을 모른다고 하렵니다.

근심이 나를 제외한 세상보다도 훨씬 큽니다. 갑문(閘門, 수문)을 열면 폐허가 된 이 육신으로 근심의 조수가 스며들어 올 것입니다. 그러나 나는 나의 '메소이스트(masochist)' 병마개를 아직 뽑지 않으렵니다. 근심은 나를 싸고돌며, 그러는 동안 이 육신은 풍마우세(風磨雨洗, 바람에 닦이고 비에 씻겨

나감)로 저절로 다 말라 없어지고 말 것이기 때문입니다.

밤의 슬픈 공기를 원고지 위에 깔고 얼굴 창백한 친구에게 편지를 씁니다. 그 속에 내 부고(訃告, 죽음을 알림)도 동봉하였습니다.

____ 1935년 9월 27일~10월 11일 《매일일보》

____ 이 상

현대 문학을 논할 때 결코 빼놓을 수 없는 시인이자, 소설가, 수필가, 모더니즘 운동의 기수. 건축가로 일하면서 수많은 작품을 발표하였으며, 전위적이고 해체적인 글쓰기로 한국 모더니즘 문학사를 개척하였다. 주요 작품으로 소설 <날개>를 비롯해 시 <거울>, <오감도> 등 수많은 작품이 있다.

주을온천행

__ 김기림

1934년 10월 17일 아침 일곱 시.

양칫물을 뱉고 머리를 들어 보니 흐릿한 안개를 둘러쓴 어두운 바다가 눈앞에 부풀어 오른다. 그 위에서 얼빠진 윤선(輪船, 기선의 옛말) 한 척이 흰 연기를 가늘게 올리고 있을 뿐, 아무 데도 이 항구를 둘러앉은 주회(周回, 둘레를 빙 돎) 산맥은 보이지 않는다. 그렇도록 청진은 항구로서는 형승(形勝, 지세나 풍경이 뛰어남. 또는 뛰어난 지세나 풍경)의 지(地)가 아닌 것 같다. 그도 그럴 것이 도무지 바다를 무서워하지 않는 것처럼 그 가슴을 아무 두려움 없이 바다의 복판에 내밀고 있다.

내가 든 여관은 산등어리의 겨우 중품(중턱)에 있다. 바다와의 사이의 좁은 땅 오래기(오라기, 길고 가느다란 지형)에 역시 좁은 외통거리(외길)가 겨우 몸을 비비고 들어앉은 이 항구에서는 사람들이 들어 사는 집은 될 수 있는 대로 산으로 바로 올라갔고, 그 산꼭대기에는 도야지(돼지) 울(우리)이 삐뚤어져 붙어 있다. 일제히 바다로 향하여 창을 붙인 그러한 산등어리의 우스운 집들을 바라보면서 있노라니까, 우연히 동행이 된 박 형이 쫓아와서 기위(旣爲, 이미) 이곳까지 왔던 김이니 주을온천을 구경하는 것이 어떠냐고 자주 유인한다.

사실 다음 날까지 우리는 이 항구에서 별로 할 일을 가지지 않았다. 박 형의 말에 의하면, 그것이 모두 우리를 위하여 준비된 천재일우의 기회라는 것이다. 한편으로 생각하면 주을 구경은 이번 길의 부산물이라면 그 위에 없는 부산물일 것임이 틀림없을 것 같아서, 나도 곧 찬동하고 아침밥을 얼른 치르고 나서 아홉 시 이십오 분에 청진역을 떠나는 기차를 타기 위하여 황망히 여관을 나섰다.

일행은 박 형과 그리고 요즈음까지 중앙일보 청진지국을 경영하시던 남씨와 겨우 세 사람으로 쓸쓸하나마 지극히 단란한 행중(行中, 함께 길을 가는 모든 사람)이었다.

신암동 어구(어귀)에서 버스를 기다려 탔다. 이곳 버스는 사실 나그네에게 그 위에 없이 정다웁다. 정해놓은 정류장이라고는 없고 아무 데서라도 손님이 손만 들면 누런 칠을 한 버스는 반드시 그 손님 앞에 와서 서며 또한 볼일이 있는 곳에서 스톱만 외치면 아무리 급한 스피드로 달리다가도 딱 서서 손님을 내려놓고야 간다. 이 일은 실로 청진항구가 그를 처음 찾아가는 손님에게 바칠 수 있는 가장 큰 친절일 것이다.

버스는 정어리 냄새가 무럭무럭 코를 찌르는 길을 먼지를 차—일으키면서 천마산을 끼고 돌아간다. 거기서는 수많은 인부가 천마산을 깨뜨려서 바다를 메우는 공사로 바쁘다. 너무 지나치게 우뚝 바다로 비어져 나온 천마산은 사실 청진의 번영을 가로막는 한 커다란 천연적 장애물일 것이다. 그렇게 옹색한 곳에 거리를 경영하고 있는 청진 시민들도 무척 우김새(잘 우기는 성질)가 많기는 하나, 강적 나진이 등덜미에서 잔뜩 위압하고 있는 오늘날, 청진은 역시 천마산을 부수고 수성평야로 진출을 꾀할밖에 없을 것이다.

역에 왔더니 뜻밖에 조선일보 청진지국장 박씨가 어디로부터 달려와서 행중에 뛰어들었다. 그러자 다소간 사람의 수효로 보아서 적막하던 행중은 갑자기 화창해졌다.

우리를 태운 기차는 수평평야의 동쪽 깃을 주름잡으며 북으로 거슬러 올라간다. 평야 복판을 가르고 흘러가는 수성천 맑은 시냇물이 서편으로 기울어지는 것을 가로막아서 긴 콘크리트 방천이 바닷가까지 늘어졌다. 남씨는 그 물을 차창으로 가리키면서 '청진의 생명수'라고 일러준다. 이 평야는 이윽고 면모를 일신하고 지도 위에 새로운 중요 점이 되어 나타나리라 한즉, 그 위에 이들의 서편 끝인 나남이 동으로 팽창하고, 청진이 또한 서편으로 발전한다면 수성, 나남, 청진을 세 정점으로 한 각 변 삼십 리의 삼각형을 이룬 일대의 땅에 누만(累萬, 여러 만이라는 뜻으로, 아주 많은 수를 이르는 말)의 인구를 포용할 대도시를 그리는 청진 주민의 꿈도 결코 한 조각 몽상은 아닐 것이다. 그뿐만 아니라 지리적, 경제적으로도 수성평야는 한 개의 예단할 수 없는 가능성을 갖고 있는 것만은 여하간 사실인 것 같다. 북조선 경기의 고기압의 중심이 나진에 있음에도 불구하고 청진 거리에서 만나는 사람들의 얼굴에, 화물자동차의 고함소리에, 신암동의 훤소(喧騷, 뒤떠들어서 소란함) 속에 일종의 진정치 못하는 활기가 흐르는 것도 그 까닭이 아닐까? 그러나 그러한 것들이 과연 얼마나 영구적이며, 또한 아님을 나는 모른다.

수성에서 기차는 다시 남으로 꺾어져서 이번에는 평야의 서편을 끼고 내려간다. 기차를 피하여 달아나는 송아지는 언덕 위에 올라서서, 가벼웁게 떠 있는 푸른 하늘에 머리를 추어 들고 입을 벌렸다 닫았다 한다. 아마도 겁난 김에 엄마소를 부르나 보다.

아직 채 거둬들이지 않는 논두덕(논둔덕. 논가에 두두룩하게 언덕진 곳)에 걸터앉아서 모진 일 뒤에 짧은 쉼 시간을 즐기고 있는 아청(검은빛을 띤 푸른빛) 저고리에 검은 치마를 두른 아낙네들이 군데군데 굽어 보인다. 햇볕에 그은 구릿빛 얼굴들이 이쪽을 향하여 노려보기도 한다. 진한 눈썹 아래서 둥근 눈방울이 검게 빛난다. 박 형은 두 번 세 번 입을 다시며 관북 여성의 건강미를 찬탄하여 마지않는다.

작은 사과밭과 양철지붕, 아카시아에 덮인 길이 있는 지극히 조용한 거리의 역에 차는 잠깐 섰다. 경성읍이다. 읍은 산모록(산기슭)에 돌아앉았는지 인가도 성터도 학교도 볼 수 없다.

오전 열 시 반 주을역에 도착하였다.

역 앞 넓은 뜨락(뜰. 여기서는 '광장'으로 추정됨)에서는 커다란 버스 한 대가 머리를 서편 산골 쪽으로 두고 서서 손님을 기다린다. 온천은 여기서도 삼십 리를 더 들어간 산골이란다. 그곳까지 자동차 값이 사십 전.

쉬는 날인 까닭인지 버스는 어느덧 만원이고 점심을 둘러멘 사람, 지팡이를 짚은 사람 등 십여 명이 버스 밖으로 밀려 나와 다음 차편을 물어본다.

술집인 듯한 말쑥한 집들이 서로 마주 보고 있는 그렇게 짧지 아니한 거리를 아주 빠져 나오자 버스는 숨을 가다듬어 가지고 더욱 기운차게 구르기 시작한다. 운전대 바른편에 시든 단풍나무 가지가 꽂혀서 자동차가 앞뒤로 들놀 때마다(들썩거리며 이리저리 흔들릴 때마다) 쪼개진 잎사귀들이 젊은 운전사의 얼굴을 때린다. 그래도 그는 도무지 머리를 피하려 하지 않는다. 마치 오래지 않아 떠나가려는 계절의 가책(꾸짖음)을 마음껏 몸에 새겨두려는 듯이….

몇 구비 산길을 지나는 동안 길은 어느새 개천가에 나섰다. 좌우에 늘어선 산발(산줄기)은 푸른 솔밭 사이에 군데군데 붉은 단풍을 입었는데, 그 산과 산 틈에 희디흰 돌멩이가 깔려 있고 그 위를 맑디맑은 시냇물이 비단 폭을 흘리는 듯이 미끄러진다. 평평한 곳에서는 물줄기가 부챗살처럼 펴져서 햇볕을 거르기도 하고, 여울(강이나 바다의 바닥이 얕거나 폭이 좁아 물살이 세게 흐르는 곳)이 진 곳에서는 갑자기 굵은 물결이 단이 되어서 용솟음치기도 한다.

그리 높지 않은 바위에서 낚싯대를 여울에 드리우고 하염없이 물속을 들여다보고 있는 늙은이가 있다. 아마도 오늘 하루만은 그의 뒤를 쫓아다니던 속무(俗務, 여러 가지 세속적인 갖가지 일)가 그를 놓아준 게다. 한 마리 날랜 산천어 때문에 그는 오늘 하루를 완전히 잊어버릴 수 있을 게다. 새삼스럽게 고르지 못한 인생의 배치를 웃어주고 싶다.

차는 또다시 시내를 끼고 조급히 밭두덩(밭둔덕. 밭머리와 밭 둘레의 두둑하게 높은 곳)과 두덩 사이의 언덕길을 올라간다. 내 앞에 앉았던 남씨가 갑자기 왼쪽 밭이랑 속에 뚫린 좁은 오솔길을 손가락질하면서 용연폭포로 내려가는 길이라고 가르쳐준다. 흰 석벽에 그리는 그 상쾌한 모양은 언덕이 가려서 물론 볼 길이 없거니와 용담을 울리는 장쾌한 그의 울음조차 쉴 새 없는 발동 소리에 저해되어 결국 들을 수 없다. 용연아, 다음 기회에는 오늘의 일정에서 제외된 너의 설움을 반드시 풀어주마.

속세의 시끄러운 조음(粗音, 시끄러운 음)을 싫어하는 온보(온천)는 산으로 둘러싸고 또 둘러싼 골짝 속에 깊이 숨어 있어서 길게 목을 빼 들고 이리저리 살펴보는 나의 눈앞에 좀처럼 그 모양을 나타내려 하지 않는다.

차는 온보가 숨은 곳을 찾아 헤매는 듯 붉고 푸른 산길을 한 겹 두 겹 제치면서 산맥의 품속을 헤치고 더욱 깊은 데로 들어간다. 이윽고 길게 가로막아 앉은 산을 돌아갔더니 우뚝 솟은 높은 봉우리 발밑 낮은 곳 긴 방천(둑을 쌓거나 나무를 많이 심어서 냇물이 넘쳐 들어오는 것을 막은 둑) 저편에 역시 낮은 지붕과 흰 벽이 가라앉아 보인다. 인제야 그것이 주을온보(주을오천)란다.

오전 열한 시가 조금 지나서 버스는 오랜만에 나타난 산중의 작은 거리 복판에 손님을 내려놓는다. 우리는 온보거리에서 발을 멈추지 않고 그 길로 먼 산골짜기로 꼬리를 감춘 탄탄대로를 더듬어 올라갔다. 천험세 령(嶺, 고개)을 넘어서 무산으로 통하는 이등도로다.

아카시아나무(아까시나무) 그림자가 엷게 깔린 길을 거리에서 2리가량 올라가서 우리는 "사나운 개가 있소. 주인의 허가 없이 들어오지 마오." 라고 쓰인 게시판이 붙은 돌문 앞에서 멈춰 섰다.

문 안에는 서리 맞은 검푸른 상록수와 잎사귀를 반나마 잃어버린 활엽수, 관목의 떼로 된 거친 정원이 있고, 그 정원 군데군데 양철지붕이 햇볕을 이고 떠올라와 보인다. 이것이 주을온천의 한 특이한 매력을 주는 백계로인(白系露人, '백계 러시아 인'의 음역어) 양코스키 별장촌이다. 그 정원을 굽어보는 북쪽 산등어리 중품에도 역시 여기저기 매우 경쾌해 보이는 간단한 양풍(서양식) 별장들이 솔밭 속에 흩어져 있다.

여름이면 상해, 하얼빈 등지로부터 수백 명의 백계로인 남녀가 이곳에 모여들어서 밤을 새워 강한 보드카를 기울이면서 사바귀 춤(사마귀 춤. 4박자 리듬의 사교춤)을 추며 혹은 볼가의 뱃노래를 부르면서 광란의 한여름을 보낸다고 한다. 정원 한복판에 세운 높은 기죽(旗竹, 긴 천을 매달아 꽂아 놓는 대나무) 꼭대기에서는 제정 러시아의 옛 국기를 한구석에 떠 붙인 흰 삼각기가 푸른 하늘을 등지고 펄럭거린다. 무너져 버린 그들의 옛 영화와 꿈에 대한 영구한 향수와 추억의 표상이다. 그들은 아침마다 레코드로 옛 국가를 들으면서 이 상복 입은 기폭을 향하여 거수의 예를 함으로써 지나간 날에 대한 경의를 표한다고 한다.

지금 그 여름이 다 가고, 그들이 또한 짐을 싸서 동양의 구석구석으로 흩어진 뒤라 정원에는 가을바람조차 얼마 설레지 않고, 소리 없는 적막만이 흐른다. 우리는 고무 볼이 아니고 마른 나뭇잎사귀가 굴러다니는 쓸쓸한 테니스 코트를 지나서 나무거루(나무그루. 나무의 밑동이나 그루터기) 사이에 비틀려진 오솔길을 연기가나는 오직 하나뿐인 지붕 쪽으로 향하여 내려갔다. 거의 울적에 가까운 이 백인 가족의 왕성한 식욕을 기다리는 토종 암탉 두어 마리가 햇볕에 몸뚱어리('몸뚱이'를 속되게 이르는 말)를 씻으면서 길 양쪽에서 놀고 있었다.

과연 마루 밑에서 낮잠을 자던 험상한(험상궂게 생김) 셰퍼드가 벌컥 머리를 들고 성낸 눈짓으로 낯선 손님들을 노려본다. 우리는 개의 시선을 될 수 있는 대로 피하면서 조심스럽게 낮은 철문을 두드렸다. 그랬더니 짧은 에이프런(앞치마)을 두른 청년이 나왔다. 그의 말에 의하면, 주인 양코스키는 웅기(함경북도 경흥군에 있는 항구 도시)로 볼 일이 있어서 갔고, 다른 식솔들은 모두 밖에 나갔다는 것이다. 그의 호의로 우리는 주인 없는 빈 뜨락을 마음대로 구경할 수 있었다.

우리는 우선 그 사나운 셰퍼드를 처치해 주기를 청하였다. 그러자 청년은 누워 있는 셰퍼드의 등에 눈웃음을 던지면서 "아무 일 없소. 아주 순한 개요."하고 대답한다.

그렇게 듣고 나서 다시 그 개를 굽어보니 어디까지나 낮잠을 들려고 애쓰고 있을지언정, 그 졸린 듯한 표정이 우리를 향해 아무런 악의도 품고 있지 않은 것이 분명해 보였다. 그리고 본즉, 역시 대문에 붙인 게시는 외국에 와서 사는 사람들의 비겁한 심리가 시키는 한 시위운동에 지나지 않는 겐가 보다.

우리는 쓴웃음을 웃으면서 돌층계를 돌아서 물소리를 쫓아 내려갔다.

골짝(골짜기)을 굴러떨어지던 급한 물은 한데 모여서 이 정원 한가운데 시퍼런 소(沼, 연못)를 이루었다. 깨끗한 모래가 그 푸른 소를 조심스럽게 담고 있고 깎아 세운 듯한 바윗돌이 그것을 다시 에워싸고 있다. 높은 바위와 바위 사이에 걸쳐 놓은 위태로운 나무다리를 건너서 우리는 하늘을 가리는 깊은 숲속 오솔길을 헤치고 낮은 골짝의 모래불(모래부리 또는 모래톱)까지 내려갔다.

머리 위에 체중을 싣고 추기던 허공다리('허궁다리'의 잘못. 양쪽 언덕에 줄이나 쇠사슬을 건너지르고, 거기에 의지하여 매달아 놓은 다리)가 아찔하게 쳐다보인다. 여기서 여름이면 수많은 뜻 잃은 백인 남녀가 어리꽃인(매우 어리꽝스러운) 물장난과 마음 빈 웃음소리와 아우성 속에 잃어버린 그들의 왕국에 대한 끝이 없는 향수를 흩어버리면서 피부에까지 치밀어오는 고국으로 향하는 끊임없는 정열을 한 가지로 식힌다고 한다.

오심암

우리는 마치 어느 러시아 작가의 소설 속을 헤매고 난 듯한 막연한 느낌을 가슴에 받아 가지고 그 센티멘털한 뜨락을 나왔다. 그러고 보니 작은 골짝을 사이에 놓고 마주 안고 뻗어 나간 이 장백산맥 지맥의 그 어느 봉우리고 감상에 젖어 있지 않은 것이 없다. 가을은 저의 슬픔을 감추지 못하는 정직한 계절이다.

오지의 재목(材木, 목조의 건축물이나 기구 따위를 만드는 데 쓰는 나무)을 나르는 '또롱이' 철길을 따라서 우리는 더욱 올라간다. 들어가면 갈수록 붉은

빛이 엉크러져(얼크러지다. 일이나 물건 따위가 서로 얽힘) 꾸미는 산발이 티 하나 없는 남벽(藍碧, 남빛을 띤 짙은 푸른색) 하늘의 캔버스 위에 한층 더 선명하게 떠오른다. 발길이 더듬어 들어가는 곳에 산의 기개는 더욱더 날카로워져서 검은 바위가 남빛 하늘을 찌르고 있고, 그 산의 어깨와 몸뚱어리에는 정묘(정밀하고 묘함)를 다할 한 폭 자수가 들려졌다. 누구의 발명인지는 모르되, 금수강산이라는 말이 오늘 비로소 실감을 가지고 나의 마음에 떠오른다.

소를 푸는 농부더러 그 산의 이름을 물었더니, 이름이 없다고 머리를 절레절레 흔들어 보인다. 옳겠다. 그것으로 좋다. 산아, 너는 이름도 아무 전설도 가지지 마라. 다만, 너를 찾는 사람의 흐린 가슴에 너의 맑은 그림자를 드리워 보이면 그만이다. 그 어느 문호(글을 쓰는 사람)나 묵객(그림을 그리는 사람)의 서투른 문장이나 화폭 속에 남는 것보다도 너는 해오래비(해오라기)와 같이 여기에 겸손하게 서 있음이 얼마나 좋을지 모른다.

이 부드러운 풍경 속에 점점 녹아 들어가는 자신을 걷잡지 못하면서 우리는 단애(斷崖, 깎아 세운 듯한 낭떠러지)의 낮은 허리를 감돈 길을 돌아간다. 문득 머리 위에 혹은 손아래 무리를 떠난 외나무 단풍이 나타난다. 빨간 분수같이 붉은 물이 그대로 스치는 사람의 옷깃을 적실 것만 같다.

두보(당나라 시인)는 봄을 그려서,

강물이 푸르니 새 더욱 희고 江碧鳥逾白

산이 푸르니 꽃 빛은 불붙는 듯하도다 山靑花燃然

이라고 하였단다.

그 비유도 아름답지만, 이 산의 단풍이야말로 꽃처럼 불타고 있는 것이 아니냐? 아니다. 탈대로 타고 또 타다가 드디어 정열의 최고조에서 그 이상 탈 수가 도시(도무지) 없어 일순간 불꽃에서 열은 식어버리고 색채만 남은 것이 아닌가 싶다.

발아래는 누구의 손으로 다듬었는지 모르는 깨끗한 화강석이 가지각색으로 깎여져서 미끄러운 돌판(돌이 많이 깔린 곳)을 이루었는데 그 복판의 느린 층층계를 점잖은 물이 하늘의 푸른빛을 띄우고 그다지 총총하지 않게, 그다지 느리지 않게 흘러간다.

길게 앞을 가린 산을 돌아서 병풍처럼 둘러선 벼래('벼루'의 잘못. 강가나 바닷가에 있는 벼랑)를 한 구비 끼고 돌아갔더니, 갑자기 길가의 바위가 은은히 울기 시작한다.

바라보니 거기도 또한 작은 병풍이 비스듬히 벌어진 곳에 담회색 바위가 좌우로 날카롭게 일어섰고 그 사이를 두터운 폭포가 일만 줄기의 명주실을 늘이면서 드리웠다. 그윽한 물소리가 먼 벼래에 울리는 음향과 또 여음에 서로 조화되어 은은한 교향악을 듣는 것 같다. 엉성한 수풀 속을 헤치고 마른 잎사귀를 밟으면서 폭포까지 내려가서 그것을 버티어 있는 바위 위로 기어 올라갔다.

그 바위를 가리켜 어느 건방진 옛사람이 오심암(五心岩)이라고 이름을 지어주었다고 한다. 그보다도 조금 더 겸손한 누구는 세심암(洗心岩)이라고 불렀다고 한다. 기운차게 일어선 산뺄('산발'의 잘못. 산줄기)이 이곳에 이르러 오심암의 절경을 남기기 위하여 한 둥근 골짝을 이루어 놓고 다시 다물어졌다.

짙은 단풍 빛에 붉고 누렇게 물든 검은 절경의 성장, 그것을 선에 두른 동해보다도 더 푸른 하늘빛 천사가 흘리고 간 헝겊인 듯 봉우리 위에 가볍게 비낀 백옥보다도 흰 엷은 구름조각. 이것은 분명히 자연히 흘려놓은 예술의 극치다. 그러나 겸손한 자연은 그의 귀한 예술의 홍진(紅塵, 티끌 또는 먼지)에 물들 것을 염려하여 그것을 이 깊은 산골짝에 감추었던 것인가 보다.

어구까지 버스를 불러오고 이곳까지 이등도로를 끌어오는 것은 본래부터 그의 뜻은 아니었을 게다. 오직 사람만이 장하지도 아니한 그들의 예술을 천하에 뽐낼 기회만 엿보나 보다.

둘러보건대, 이 골짝에는 일찍이 먼지를 품은 미친바람과 같은 것은 지나간 본 일이 아주 없었나보다. 그래서 아득히 쳐다보이는 높은 하늘 아래 티끌을 품은 듯한 아무것도 없다. 잠깐 나 자신을 굽어보니 허옇게 먼지 낀 의복, 그 밑에 숨은 먼지 낀 내 몸뚱어리, 그리고 또 그 속에 엎드린 먼지 낀 내 마음, 나는 그 텃기 모르는 순결한 자연 속에 쓰레기처럼 동떨어진 내 몸의 더러움을 새삼스럽게 부끄러워하였다.

바위를 소름 치게 하는 찬 물방울, 그 밑에 굽이치는 사나운 물바퀴, 그 물에 적시기 전에 내 마음은 골짝을 채우는 물소리에 벌써 씻겨지기 시작하였던 것이다. 우선, 돌아가고 싶은 마음을 씻어버렸다. 다음에는 행(일행) 중 그 누가 모두 일제히 그 물에 빠져 죽자고 한 말이 절대 부자연하지 않도록 벌써 생에 대한 그 꾸준한 애착을 씻어버렸다.

　차디찬 바위 위에 신발을 벗고, 모자를 던지고, 외투를 벗어 팽개치고, 반듯이 누워서 눈을 감으니, 인생도 예술도 다 어디로 사라지고 오직 끝없는 망각이 내 마음을, 아니 우주를 채우며 온다. 그러나 몸을 식히며 스며드는 찬기(차가운 기운)는 어느새 거리에서 멀리 떨어진 우리의 위치를 깨닫게 한다.

　우리는 채 씻기지 않은 마음을 거두어 가지고 잠시나마 정을 들인 오심암을 두 번 세 번 돌아다보면서 간 길을 다시 내려오기 시작하였다. 좋은 벗을 떠나기란 싫은 것처럼 좋은 자연에도 석별의 정은 마찬가진가 보다. 또한, 좋은 음식을 만났을 때 벗을 생각하는 것이 자연스러운 것처럼 떠나고 싶지 않은 자연을 앞에 두고는 멀리 있는 벗들이 갑자기 그리웁다. 나는 마음속으로 어느새 오심암에게 무언의 약속을 주어 버렸다.

　'내년에는 벗을 데리고 또 찾아오마.'고—

　오심암에서 러시아인 별장까지 삼 리가량 내려오는 길은 가던 길보다 훨씬 빨랐다. 마침 별장 문전에서 이쪽으로 나오던 러시아 청년 한 사람을 만나서 그 별장에 대한 약간의 삽화(에피소드)를 들려주기를 청하였다.

　청년은 돌아서서 안을 향하여 우렁찬 바쓰(베이스. 남성의 가장 낮은 음역)로 소리친다.

　"오—라, 오—라."

　그러자

　"다—"

하고 대답하면서 나온 것은 닉카복카(건축 관련 일을 하는 사람들이 많이 입는 옷. 우리나라로 치면 건설노동자들이 입는 작업복)에 담뱃대를 든 젊은 여자였다.

양코스키의 영양(令孃, 윗사람의 딸을 높여서 이르는 말로 '영애'와 같음) '빅토'라는 스물다섯 살 된 처녀다. 청년은 우리를 여자에게 맡기고 휘파람을 불며 산으로 올라간다. 우리는 여자가 인도하는 대로 식당으로 잠깐 들어갔다. 방 한구석에는 호화로운 꽃병에 국화과의 여러 가지 가을꽃이 풍만하게 피어 있고, 벽에는 시베리아 풍속인지 액면(額子) 대신에 곰의 가죽을 걸어놓았다.

여자는 여러 권의 두꺼운 앨범을 들고 와서 식탁 위에 쌓아 놓는다. 그속에는 지나간 날 그들의 호사스럽던 생활의 면모가 그대로 남아 있다.

양코스키라고 하면 몰라도 '네눈(네눈박이. 안경 쓴 사람을 속되게 이르는 말)'이라 하면 한때 강동 해삼위(海蔘威, 러시아 연해주 지방의 항구 도시인 '블라디보스토크'를 한자음으로 바꾸어 이르는 말) 출입이 잦던 함경도 부로(父老, 한 동네에서 나이가 많은 남자어른을 높여 이르는 말)치고 모르는 이가 별로 없을 것이다. '네눈'이라는 말은 하도 사냥을 잘해서 뒤로 돌아서서 총을 쏘아도 영락없이 맞힌다고 해서 조선 사람이 붙여준 별명이다. 바로 해삼위 앞바다에는 '네눈이네 섬'이라고 부르는 양코스키 개인 소유의 섬까지 있어서 말이랑 사슴을 방목하였었다고 한다.

시베리아를 지동치는 혁명의 눈포래(눈보라)에 휩쓸려서 그는 온 가족과 그리고 수많은 말과 자동차를 끌고 이곳으로 피난해온 것이다. 양코스키의 아우는 제정 러시아 최후의 비행 중위로서 시베리아에서 혁명을 맞아 체코군과 함께 싸워서 필경 열두 곳의 상처를 몸에 받아가지고 역시 이곳으로 왔다는 것이다. 혁명은 성공하였고, 오늘 그들은 멀리 쫓겨나서 길이(오랫동안) 돌아가지 못하는 신세가 된 것이다.

"고국에 가고 싶지 않소?" 하고 물었더니,

"갈 수나 있나요." 하고 미스 양코스키는 쓸쓸히 머리를 흔든다.

친절한 이국 색시는 잠가두었던 그 아버지의 서재도 열어서 구경시키고 집에서 기르는 호랑이 새끼까지 끌어내서 보여준다. 돌이 겨우 지났다는 구―쓰(호랑이 이름) 군, 인제는 아주 야산의 풍속을 잊어버리고 이 이국 색시에게 강아지처럼 추근해졌다('추근거렸다'의 잘못. 조금 성가실 정도로 은근히 자꾸 귀찮게 굶). 그는 아가씨의 가슴에 안겨서 아가씨의 키스조차 거절하지 않으며, 넓은 뜨락을 셰퍼드와 암탉들과 함께 산보하고, 석양이면 울 속으로 돌아와서 토끼고기로 된 저녁밥을 기다린다고 한다.

이국 색시는 문밖까지 나와서 여러 번 작별의 인사를 되풀이한다.

거리에 돌아오니 겨우 오후 두 시. 조선여관으로서는 집안에 유일하게 목욕탕을 가진 집이라는 용천관에 들었다. 포근한 온돌 기분을 찾아들었지만 대하는 법이 하나도(전혀) 조선식이 아니다. 더군다나 젊은 여자 두 사람이 손님을 맞아들이고 밥상에 동무하고 목욕간에 인도하는 것이 모두 이 얌전한 산중에서 우리가 기대한 것은 아니었다. 북도 아낙들이 그 손발이 온몸과는 조화되지 않도록 크지만, 오히려 나그네의 찬탄을 받는 까닭은 어디까지든지 굳센 자립의 정신과 분투의 기개가 그 건장한 육체에 넘치고 있는 까닭이다. 그들의 자랑은 서울 등지의 하도 많은 기생과 창기 속에서도 좀체 그들 북도 출신을 찾아볼 수가 없는 것에 있었다. 지금 그리 고상하다 할 수 없는 이 직업에 종사하는 그들을 앞에 놓고 거기서도 역시 자본의 공세 아래 힘없이 스러지는 지나간 날의 탄식을 듣는 것이다.

기어이 붙잡는 세 형을 물리치고 나만은 돌아오지 않아서는 아니 될 일을 청진에 너무나 많이 가지고 있었다.

막(마지막) 버스는 오후 다섯 시 엷어져 가는 산빨의 석양볕을 등지고 온보를 떠난다. 마음은 오심암 짙은 단풍 속에 길이 남겨둔 채 미련한 버스는 나의 빈 몸뚱어리만 싣고 터덜터덜 산길을 돌아온다.

__ 1934년 10월 24일~11월 2일 《조선일보》

__ 김기림

한국 모더니즘을 대표하는 시인이자 평론가. 주지주의 문학을 국내에 소개하는 데 앞장섰다. 특히 이상, 백석, 정지용 등은 그의 평론으로 인해 이름을 널리 알리게 되었으며, 그중 이상과는 사이가 각별했던 것으로 알려져 있다. 주요 작품으로 시집 《기상도》와 《태양의 풍속》, 평론집 《문학개론》 등이 있다.

산가일기

__ 노자영

─ 산사의 여름

6월 14일 금요일 맑음

이 산사(山寺, 산속에 있는 절)에 온 지도 벌써 두 달.

뜰 앞에 목련이 피었다. 백주(白珠, 백옥)의 이슬이 청엽(青葉, 푸른 잎사귀) 위에 대굴거리고(작은 물건이 잇따라 구르는 모양), 무한의 순결을 자랑하는 하얀 꽃봉오리가 강한 생명력을 가지고 피어오른다. 하늘빛 잎사귀, 눈빛 봉우리의 아름다운 조화 위에 자랑스러운 호화(豪華, 사치스럽고 화려함)의 기세.

나는 아침 뜰 앞에 서서 그 꽃봉오리를 여러 번 만졌다. 그리고 떠나기 어려운 듯이 그 꽃 밑에서 한 시간이나 머뭇거렸다. 이 세상에 여기보다 더 나은 곳이 또 있을까? 신의 거룩한 표정! 모두 성스러운 최고의 미(美)!

첫 여름에 피는 목련은 이처럼 아름답다. "한 떨기의 꽃 아래 머리를 숙여 본 적이 있는가?"라는 로댕의 말처럼.

낮에는 송림(松林, 솔숲) 속 검은 바위 위에서 새의 울음을 들으며 먼 산을 바라본다. 송림 사이에 이는 미풍(微風, 약하게 부는 바람)은 서늘하고 신비스럽다.

밤에는 촛불 밑에서 옛 여인의 얼굴을 여러 번 그렸다. 사진첩을 뒤적거리며 손으로 가슴을 만지는 이 마음이여! 동구 밖에서 울려오는 산개 소리가 꿈 깊은 산곡(山谷, 산골짜기)을 이따금 깨운다.

예이츠(William Butler Yeats, 아일랜드의 시인이자 극작가. 1923년 노벨문학상을 받음)의 시집을 들고 속으로 몇 구절을 여러 번 되풀이했다.

6월 25일 화요일 맑음

아침에 우는 산새가 정답다. 내 방 창 밑으로 밀어(密語, 남이 못 알아듣게 비밀히 말함. 또는 그렇게 하는 말)를 보내는 그 마음이여! 오늘의 행복을 약속함인가?

자리에서 일어나 뒷산을 바라보니, 북악산에는 엷은 안개가 산의 얼굴을 얄밉게 가리고, 산 아래 밤나무에는 이 산의 척후(斥候, 적의 지형이나 상황을 정찰하는 일)인 까치가 산곡을 지키고 있다.

냇가에 내려가 손을 씻고, 가래나무 밑에서 나무 그늘의 향기를 맡았다. 낮에는 침상에 누워 명상의 실마리를 몇 번이나 감고 풀고 하였다.

C가 왔다 갔다.

밤에는 가는 비가 소녀의 눈물처럼 부드럽게 내린다.

보슬보슬 마른 땅을 적시는 부드러운 촉수! 대지에 기름을 붓는 네 마음이여!

6월 27일 목요일 맑음

아침을 먹고 시냇가 바위 옆 등의자(등나무 줄기로 엮어 만든 의자)를 놓은 후 고요히 앉아 귀를 기울인다. 이파리와 이파리 사이에서 일어나는 가느다란 파동! 비단처럼 매끈하고 부드러운 음향의 촉수! 아, 나무 그늘의 서늘한 촉각이 녹슨 내 마음의 창문을 두드린다. 푸른 잎의 영원한 젊음! 녹향청훈(綠香靑薰, 신록의 향기에 취함)의 부드러운 촉수. 여름은 젊어지라는 계절! 아, 생의 한 시각인들 무색하게 지낼 것인가?

낮에는 더워서 부채로 하루를 보냈다. 항상 누워있어야 할 몸이니 편하기는 하지만 너무도 지루하지 않은가? 평안과 휴식도 도를 넘으면 고통이 된다. 건강한 사람도 종일 누워만 있으면 괴로울 것이다. 그런데 병약한 나는 어떻겠는가?

저녁 해가 창문 위에 한 줌의 정열을 펼쳐놓고 쓰러지다. 서늘한 밤에는 수분을 담은 서늘한 달빛! 산곡에 숨은 이 암자에는 은회색 안개가 부드러운 자옥으로 대지를 덮고, 그 위에는 영롱한 흰 달의 서늘한 빛이 내리지 않는가? 뜰 앞 가래나무는 달빛에 젖어 은편(銀片, 은색 조각)을 엮어 놓듯 푸른 솔잎도 은침으로 변하고, 목련은 깊은 성의 공주처럼 방긋이 입을 벌린다. 나무들의 속삭이는 부드러운 여음(餘音, 소리가 그치거나 거의 사라진 뒤에도 아직 남아 있는 음향)! 그리고 땅에 가로누운 검푸른 나무 그늘! 달의 촉수는 모든 것을 평화의 고대(高臺, 높이 쌓은 망루)로 낚아 올린다. 흰빛 모래 땅을 고요히 밟으며 묵화 같은 나무 그늘을 손으로 만져보는 내 마음이여. 은빛 촉수가 외로운 내 마음의 실마리를 이렇게도 풀어 놓는가?

달빛이 푹 젖은 떡갈나무 잎 위에 저녁 이슬이 굴러 내릴 듯이 빛나고, 나무 그늘 속에는 이 절의 고양이가 누구를 기다리는 듯이 고요히 쪼그려 앉아 달빛을 바라본다. 북쪽 골짜기에서 쑥쑥새 우는 소리가 은은히 들려온다. 이 산곡은 은색의 장막을 펴고 누구의 죽음을 고대하는 듯, 산곡의 밤은 이렇게도 고요한가?

7월 1일 월요일 맑음

고요한 산곡도, 속인(俗人, 세상 사람)의 자취도 어지러워진다. 절에 재(齋, 공양을 올리면서 하는 불교 의식)가 들어서 일찍이 보지 못하던 사람들을 보게 되었다.

나는 2일간 뒷산 산당(山堂, 산신을 모시는 집)으로 자리를 옮겼다. 전후좌우가 송림으로 둘리고, 멀리 남쪽을 향해 옛 성이 구렁이처럼 긴 몸뚱이를 산정(山頂, 산꼭대기)에 걸치고 있다.

종일 산당 마루에 누워서 하늘을 본다. 별(別, 보통 것과 이상스럽게 다름) 하게도 높고, 별 하게도 넓은 것 같다. 새삼스레 몇만 리쯤 되나 생각해 보았다.

"하늘의 광장을 헤아리는 네 마음이여, 차라리 너는 한 덩어리 구름으로 그 하늘에 쓰러져 버려라." 하는 글귀를 생각해 보았다.

송림 사이에 산비둘기가 가끔 와서 뭐라고 떠들다 간다. 노랗고 파란 산비둘기! 그 지순한 마음과 부드러운 음향, 그의 부르는 소리. 언제나 벗이여! 하고 내 영혼을 그의 왕좌 푸른 송림 사이로 끌어내는 듯하다.

밤에 산당에서 혼자 자려니 잠이 오지 않았다. 솔잎 위로 뜬 별이 잠들지 말고 일어나라는 듯이 나를 부르고 있다. 천장이 몇 천 칸이나 되는 중력을 가지고 내려누를 것만 같다. 누구라도 좋으니 한 사람 옆에 있었으면 좋겠다고 생각하였으나, 솔잎에 흔들리는 바람 소리뿐이었다.

9월 25일 목요일 맑음

아침저녁으로 산산한(시원한 느낌이 들 정도로 서늘함) 바람이 분다. 뒷산 골짜기에서 들국화 한 송이를 꺾어 왔다. 하얀 봉우리 ― 세상의 모든 정결과 성스러움을 가진 듯한 그 표정! 아, 강한 자여! 네 지존(至尊)에 내 마음이 움직인다. 거룩함과 높음과 깨끗함을 파는 모든 사람. 아! 그대들은 이 들국화 꽃잎 앞에 발을 멈추고 고개를 숙인 적이 있는가?

한 떨기를 화병에 꽂고 고요히 눈을 감다. 아! 주여, 나의 영혼에 저 꽃을 삭여주소서. 하늘은 높고, 구름은 희다. 산새들은 요란스럽게 속삭인다. 모든 나무가 가벼운 발자국으로 하늘을 향해 승천할 것 같다. 음류(汪流, 어지럽게 흐르는 모양)하는 파란 상처를 속삭인다. 은령(銀鈴, 은방울)의 바람은 솔잎을 안고 골짜기 안에 퍼진다.

_1939년 서간집 《나의 화환》

＿노자영

《백조》 창간 동인으로서 작품활동을 시작하였고, 잡지 《신인문학》을 창간해 후진 양성에도 힘썼다. 특히 시와 수필에 있어서 소녀적인 센티멘털리즘으로 일관하여 자신의 시에 '수필시'라는 특이한 명칭을 붙이기도 하였다. 주요 작품으로 시집 《처녀의 화환》을 비롯해 서간집 《나의 화환》 등이 있다.

정릉일일

__ 계용묵

정릉(貞陵, 조선 태조의 제2비 신덕왕후 강 씨의 능으로 서울시 성북구 정릉동에 있음)의 산
속은 새소리 없이도 푸르다. 물소리만이 그저 쏴아—쏴 골짜기마다 들
릴 뿐인데도, 산은 푸르렀다. 새소리를 무시하고도 정기(精氣, 생기 있고 빛나
는 기운)만으로도 푸른 그 기개(氣槪, 씩씩한 기상과 곧은 절개)를 장하다 아니 할
수 없으나, 적어도 이만한 녹음(綠陰, 푸른 나뭇잎의 그늘)이라면 꾀꼬리 소리
한마디쯤 있어야 할 터, 하지만 끝내 그것을 들을 수 없음이 무색하기만
하다.

　내 본래 산이나 바다의 취미를 모거니와, 오늘 정릉의 녹음을 찾게 된
것도 무슨 이런 녹음의 유혹에서가 아니요, 사우(社友, 회사 동료)들의 종용
(慫慂, 잘 설득하고 달래어 권함)에 마지못해 따라나섰던 길이니, 그까짓 녹음이
야 짙건 말건, 꾀꼬리야 울건 말건 어아(於我, 나와)에 하관(下關, 아무 관계 없음)

이리오만, 그래도 이 녹음에, 이 물소리라면 꾀꼬리 소리 한마디쯤은 있어야 면목이 설 것 아닌가. 그런데 어쩌다 오다가다 숲속을 다녀가는 밀화부리(되샛과의 새) 소리 한마디 들을 수 없다.

그런 것을 사람들은 이런 녹음도 좋다며 모여든다. 우리도 그리 늦은 편은 아니었건만, 언제들 이렇게 떨쳐났는지 아직 오정(정오)도 멀었을 텐데, 산은 사람으로 가득 찼다. 아니, 곳에 따라서는 벌써 도도한 취흥에 허리를 부러 치고(구부리고) 꼽당춤(곱사등이춤. 곱사등이같이 등에 바가지, 베개 따위를 넣고 익살스럽게 추는 춤)을 추며, 냄비 장단이 한창인 곳도 있었다.

우리 일행도 물이 흐르는 골짜기 한 곳을 택정하고 짐을 풀었다. 소고기, 닭고기, 달걀, 과자, 술, 쌀 거기에 이것들을 요리할 도구 일습(一襲 그릇, 기구 따위의 한 벌. 또는 그 전부)이 자전거로 하나 실려 왔다.

그러고 보면 논다는 것은 결국 먹는다는 의미가 아닐까. 제아무리 명승경개(名勝景槪 이름나고 빼어난 경치)를 대했다고 하더라도 그것이 향락(享樂 쾌락을 누림)으로서의 본의였다면 반드시 먹는 일항(一項 항목)이 따라야만 그 의의를 지니게 되는 것 같다. 그러나 먹을 줄 모르는 것까지 먹어야 하는데 그 의의가 있다면 향락의 존재에 나는 의심을 품지 않을 수 없다.

일행 칠팔 명 중 한 사람만이 호주객(술을 아주 좋아하는 사람)이요, 여타는 모두 비주객(술을 매우 싫어하는 사람)인데, 우리 짐 속에서도 소주가 한 되, 삐루(맥주)가 서너 병 나왔으니, 먹을 줄 모르는 술이라도 이러한 좌석에서는 먹어야 한다는 법칙일까. 그리하여 억지로라도 먹어야만 향락이 되는 것일까. 어쩌자고 먹을 사람도 없는 술을 이렇게도 많이 준비했을까.

처치 곤란할 것이란 걸 몰랐을까. 미리부터 짐작되었지만, 결국 나는 삐루 몇 잔에도 괴로웠다. 제가 그물을 떠나 놓고 그 그물에 걸려드는 것이 사람의 장난이기는 하지만 스스로 지어서 괴롭게 만들어 놓고 괴로워하는 것을 낙으로 삼는 것이 인생 본래의 사는 재미인지 모른다. 육자배기 장타령에 산을 떠나보낼 듯이 놀자 때리던 맞은 짝(편)에서도 모두 혼곤히(정신이 흐릿하고 고달프게)들 근더졌다.

즐거운 현상일까 괴로운 현상일까. 나도 한 번 한껏 취하여 그들의 심경에까지 이르러 봄으로 그들의 심경과 같은 심경에서 인생을 한번 내다보고 싶기도 하건만, 몇 잔에도 괴로운 술이니 도저히 그런 경지에까지 보지 못할 주량이 한이다.

"자, 한 잔 더?"

하는, 간절한 좌석의 권(勸, 권유)에도 주량이 말을 듣지 않는다.

아, 나는 인생의 밑바닥을 들어가서는 살아볼 수 없는 영원한 인생의 초년병인가 보다.

"녹음방초승화시(綠陰芳草勝花時, 나뭇잎이 푸르게 우거진 그늘과 향기로운 풀이 꽃보다 나을 때. 즉, 첫여름을 뜻함)에…"

하고 곡조도 어디선가 흘러드는 것을 보면, 사람은 술에만 취하는 것이 아니라 녹음에도 취하는 것임이 틀림없는 사실이거니와, 녹음에도 술에도 취할 수 없는 인생은 결국 괴로운 의의를 모르는 인생인 걸까. 그렇다면 녹음도 술도 모르는 괴로운 내 마음은 과연 무엇을 의미하는 것일까.

만산에 주홍이 물소리와 같이 골짜기마다 가득 찼는데, 오직 침묵으로 물소리만 흘러내려 보내는 이 골짜기는 좋은 의미에서건 나쁜 의미에서건 녹음도 술도 무시한 이 날의 히트임이 틀림없으리라.

__1949년 6월 《경향신문》

___ **계용묵**

단편 <상환>을 《조선문단》에 발표하면서 문단에 등장했다. <최서방>, <인두지주> 등 현실적이고 경향적인 작품을 발표했으나 이후 약 10여 년 간 절필하였다. 《조선문단》에 인간의 애욕과 물욕을 그린 <백치 아다다>를 발표하면서부터 순수문학을 지향하는 일관된 작품 경향을 유지했다.

산사기

__ 이육사

S군! 지금 그대가 일찍이 와서 본 일이 있는 C사(寺)에 와서 있는 것이다.

그때 이 사찰 부근의 지리라든지 경치에 대해서는 그대가 나보다 잘 알고 있겠으므로 여기에 더 쓰지는 않겠다. 그러나 지금 내가 앉아 있는 이 숙사(숙박하고 있는 집)는 근년에 새로이 된 건축이라서 아마도 그대가 보지 못한 것이리라. 하지만 그 청렬(淸冽, 맑고 차가운)한 시냇물을 향해서, 사면의 침엽수 해중(海中, 바닷속)에서 오직 이 집안은 울창한 활엽수가 우거져 있기 때문에, 문 앞에 손이 닿을 만한 곳에 꾀꼬리란 놈이 와 앉아서 한시도 쉴 새 없이 노래를 불러주는 것이다. 내 본래 저를 해칠 마음이 없는지라, 저도 그런 눈치를 챘는지 아주 안심하고 아래가지에서 윗가지로, 윗가지에서 아래가지로 오르락내리락, 매끄러운 목청이란 귀엽기도 하려니와, 그 노란 놈이 꼬리를 까부는 것이 재롱스러워, 나에게 날아오라고 손을 내밀면 먼 가지로 날아가고, 어디선가 깊은 산골에서 뻐꾹새 소리가 들려오곤 하는데, 돌 틈을 새어 흘러가는 시냇물이 흰 돌 위에 부서지는 음향이란, 또한 정들일 수 있는 풍경의 하나이다.

S군! 그대와 우리의 친한 동무들이 이 글을 읽을 때는 아마 나는 이 산사를 떠나서 어느 해변이나, 또는 아무도 일찍이 가본 일이 없는 도서(島嶼, 크고 작은 온갖 섬) 속에서 있을지도 모른다. 내가 지금 붓을 들고 앉아 있는 책상 앞에는, 도회로부터 새로운 선남선녀(善男善女)들이 모여 앉아 화투를 치거나 마장(마작, 중국 사람들이 즐기는 실내 오락)을 하는 따위의 다른 풍속이 벌어지리라. 그러므로 이런 생각을 하면 모처럼 얻은 오늘의 유쾌한 기억을 더럽힐까 소름이 끼칠 것만 같다.

S군! 그러면 내가 금번(이번) 이곳에 온 이유가 어디 있는가도 생각해 보리라. 그러나 이유란 것이 별로 없다는 것은 내 서울을 떠날 때, 그대에게 부친 엽서와 같은 것이다. 다시 말하면 여행이란 이유가 필요하다면 그것은 여행이 아니고 사무인 까닭이다. 그러므로 내가 여행을 한다는 것은 여정(旅情, 여행할 때 느끼게 되는 외로움이나 시름 따위의 감정)을 느낄 수 있으면 그만이다. 그래서 날씨가 개면 개었다고, 흐리면 흐렸다고, 바람이 불면 바람이 분다고, 봄이면 봄이라고, 여름은 여름이라고, 가을은 가을이라고, 이렇게 나는 여정을 느껴 보고 산으로 가고자 하면 산으로, 바다로 가고자 하면 바다로 가는 것이다. 그도 계획을 한다거나 결의를 한다면 벌

써 여정은 사라지고 마는 것이니깐, 한 번 척 느꼈을 때는 출발이다. 누구에게 알려야 한다든지, 또 여장(旅裝, 여행할 때의 차림)을 차려야 한다면 그는 벌써 뜻대로 되지 못하는 것이다.

그러나 나의 경우 출발을 앞두고 그대에게 엽서 한 장을 쓴다거나, 내 아우에게 전화를 걸어서 지금 어디 가는 데 언제 서울에 온다고 하면, 그것도 나에겐 일종의 여정이지 결코 의무의 수행은 아니다. 그러므로 내가 속마음으로 어딜 좀 가보았으면 하는 생각을 했을 때는, 나는 벌써 여행 중에 있는 것이다.

그런데 짚신도 제짝이 있는 법이라. 나와 같이 이런 사람도 뜻이 비슷한 사람이 있어 마침 만나게 되자, 그 C라는 동무가 바다로 가자는 말을 하였고, 나도 그러자고 의론이 일치하였다. 그래서 가게 된 곳이 도시로도 미완성이고, 항구로도 설익은 곳이라, 먼 데서 오신 손님을 대접하는 데는 아직 몰풍정(沒風情, 정서와 회포를 자아내는 풍치나 경치가 전혀 없음)하기 짝이 없었다. 그래서 하룻밤을 지나고 표연히 차에 오르니, 웬만하면 서울로 바로 오는 것이 보통이겠는데, 여기에 나라는 사람의 서울에 대한 감정이란 또한 남달리 델리키트(delicate, 섬세한)한 것이 있어, 그다지 수월한 것이 아니란 것은 마치 명가(名家, 명망이 높은 가문) 집 자식이 성격에 못 맞는 결혼을 하고 별거를 하다가, 부득이한 사정이라도 있어 때때로 본가로 돌아오지 않으면 안 될 그때의 심경과 방불(彷彿, 거의 비슷함)한 것이다.

그래서 될 수만 있으면 술집에라도 들어서 얼글하게(얼큰하게) 한잔하고 오듯이, 나 역시 서울이 가까워져 오면 슬쩍 옆길로 들어서서 한참 동안이라도 딴청을 떠보는 것인데, 금번 이 산사를 찾아온 것도 그 본의가 명산대천에 불공을 드리고 타관 객지에서 괄시를 받지 않으려는 게 아니라, 한 잔 들고 흥청거려 보자는 수작이었다. 그런데 웬걸, 와서 보니 동천(洞天, 산천으로 둘러싸인 경치 좋은 곳)에 들어서면서부터 낙락장송이 우거진 사이, 오줌 냄새가 물씬 나는 산협을 물소리 들으며 찾아들면, 천년 고찰의 태고연한 가람(승려가 살면서 불도를 닦는 곳)이 즐비하고, 북소리 둥둥 나면, 가사 입은 늙은 중들은 읍하고 인사하는 풍습도 오랫동안 못 보던 거라, 새롭고 정중한 것이었다.

S군! 나라는 사람이 이 순간 이곳에서 무엇을 느꼈으리라고 그대는 생각하는가? 속담에 "절에 오면 중이 되고 싶다"는 말이야 있지마는, 설마 한들 내가 세상의 모든 사물과 일시에 인연을 끊고 공산나월(空山羅月, '사람이 없는 산중에 아름다운 달'이라는 뜻으로 아무도 없는 곳을 말함)에 두건을 벗 삼아 염불 공부로 일생을 덧없이 보낼 리야 있으랴만, 그래도 생각해 볼 것은 인간의 '운명'이라는 것이다. 영원히 남에게 연민은커녕 동정 그것까지도 완전히 거부할 수 있는 비극의 '히어로'에 대해서 말이다. 그러므로 사람들은 결국 되는대로 살아지는 것이 가장 풍자적이고, 그러므로 최대의 비극은 최대의 풍자와 혈연(血緣, 같은 핏줄에 의하여 연결된 인연)을 가지는 동시에 아주 허탈한 맛이 있는 것이다.

바로 이때다. 나와 동행한 C는 산비탈을 내려오며 목가(牧歌, 전원시의 하나로 주로 농부의 생활을 주제로 한 서정적이고 소박한 시가)를 부르는 것이었다.

아마도 '치를 알프스'를 오르내리는 양치는 노인을 생각해낸 모양이었다. 석양도 재를 넘고 시냇물도 찬 기운이 점점 더해오면 올수록 사하촌(寺下村)의 뜨뜻한 산챗국(산나물국)이 여간한 유혹이 아닌 것이다.

S군! 우리가 평소 도시에 살면 생활의 태반은 관능(官能, 오관 및 감각 기관의 작용)의 지배를 받는 것이지마는 이런 산간벽지로 찾아오면 거의는 본능의 지배를 만족히 알면 그만이다.

S군! 이런 말은 이제 새삼스레 늘어놔 보았자 그대가 그다지 흥미를 느낄 것이 아니라 그만두거니와, 내가 여기 와서 진정 생각해 보는 것은 해당화다. 옛날 우리 향장(鄕莊, 고향 집)에는 화단에 해당화가 많이 심겨 있었는데, 내가 어릴 때 그 꽃을 꺾어서 유리병에 꽂아 놓으면 내 어린 아우들이 와서 그것을 제 책상 위에 가져다 놓는 것이고, 나는 다시 내 책상 위로 찾아오면 그것이 그만 싸움이 되고는 했다. 그런데 지금 생각하면 어릴 때 일이라 도리어 우습긴 하나, 오늘 이곳에서 해당화가 만발한 것을 보니 내 동년(童年, 어린 시절)이 무척 그립고저어라(그립구나).

S군! 그런데 이곳 사람들을 보아하니, 산간 사람이라 어디나 할 것 없이 순박한 맛은 그리 없는바 아니나, 기왕 해당화를 심으려면 그 맑은 시

냇물 가로 심었으면 나중 피는 놈은 푸른 잎 사이에 타는 듯한 정열을 찍어 붙여서 얇은 그늘 사이로 으수이 조화되는 계절을 자랑도 하려니와, 먼저 지는 놈은 흰 돌 위에 부서지는 물결 위에 붉은 조수(潮水)를 띄워 가면 얼마나 아름다움 풍정(風情, 정서와 회포를 자아내는 풍치나 경치)이겠나? 하물며 화판(花瓣, 꽃잎)이 산 밖으로 흘러가서 산외(山外, 산의 바깥)에 어자(漁子, 어부)가 알고 오면 어쩔까 하는 공구(恐懼, 몹시 두려워함)하는 마음이 이곳 사람들에게도 있을 수 있다면, 아마 나까지 이 글을 써서 산외에 있는 그대에게 알리는 것을 혀의스리 하리라. 그러나 S군! 역시 산맹(山氓, 산에 사는 사람)들이라 믿기도 하려니와 사랑할 수도 있는 사람들이다. 그러면 오늘은 이만하고 뒷산 숲 사이에 부엉이가 밤을 울어 새일 동안, 나는 이곳에서 꿈을 맺어 볼까 한다.

그러나 다음 내 글이 그대에게 닿을 때는, 벌써 나는 다른 산간이나 또는 해상에 별과 별 사이의 거리를 헤아려 보면서 지금과는 다른 생각을 하고 있는 줄 알아라.

___1941년

___이육사

시인이자 독립운동가. 본명은 이활이며 개명하기 전의 이름은 이원록 또는 이원삼이다. 육사는 그의 아호로 대구형무소 수감 생활 중 수감번호였던 264에서 따왔다. 1930년 《조선일보》에 〈말〉을 발표하면서 문단에 등단하였고 시인부락, 자오선의 동인으로 활동하였다. 유고시집으로 《육사시집》이 있다.

재미있고 서늘한 느티나무 신세 이야기

___ 방정환

—이 이야기를 시골의 사촌 아우에게

저는 느티나무올시다.

사랑하는 도련님, 아가씨님! 날이 차차 더워 오니까, 공부하시기가 대단히 어려우시지요. 아이고, 땀이 펄펄 나십니다그려! 자아, 그 자리를 요 그늘 밑으로 다가 깔고 둘러앉으십시오. 오늘은 날도 유난히 덥고 하니, 공부를 좀 쉬시고, 내 신세 이야기나 할 테니 좀 들어 보십시오.

저는 아버지가 어떻게 되고, 어머니가 어떻게 되고, 또 우리 조상이 어떻게 되었다는 그런 내력은 도무지 모릅니다. 내력을 모르니까 나무 중에도 상놈이라 할는지 모르지만, 모르는 데야 모른다고 해야지, 별수 있습니까. 그리고 생년월일도 자세한 것은 도무지 모르지만, 어쨌건 6백 살은 다 못되었어도 5백 살은 확실히 넘은 것 같은데, 그도 무엇으로 아는 가 하면, 내가 채 열 살이 될락 말락 했던 어린 시절이었는데, 어느 해 8월 인가 해서 동리 늙은이들이 동리 앞에 나와서 하는 말이,

"이 장군이 군사를 돌려서 최영 장군을 죽이고, 상감을 쫓아내고 임금 이 되었다지? 나라가 이렇게 망할 수가 있나."

하며, 그중에는 눈물을 흘리며 울기까지 하는 이가 있는 것을 본 것만 은 기억이 어슴푸레하니 남아 있습니다. 지금 생각하니 그게 고려가 망 하고 이 태조께서 새로 나라를 세우던 때인 모양인데, 그러니까 오백 년 이 넘은 것만은 확실합니다. 그러나 어느 해 어느 날 어느 시에 내가 어떻 게 해서 이 세상에 생겨났는지는 물론 모릅니다. 다만, 내가 거의 육백 년 동안이나 이렇게 오래 살아왔으니까 그동안 보고 들은 이야기만 다 하려 도 책으로 몇천 권은 될 것입니다. 그러나 그 이야기가 길고 지루해서 다 할 수도 없고, 여러분도 싫증이 나서 졸음이 올 것이니, 내 가까운 곳에서 생긴 일이나 대강 대강 이야기하지요.

내가 맨 처음 땅속에 꼭 처박혀 있다가 어느 해 봄인지 훈훈한 기운이 내 옆에서 돌며 땅이 말랑말랑해지기에 이것 이상하다 하고 그러지 않 도 갑갑하던 차에 머리를 쑥 내어놓고 보니, 참으로 시원도 하거니와 세 상이 어찌나 진기한지 나는 그만 소리를 꽉 지르고 싶었습니다. 그러나 암만해도 소리가 안 나왔습니다. 그래, 세상에 나오면서부터 한 해 두 해 외로이, 외로이 커 나는데, 좋은 꽃이 피니 누가 나를 곁눈으로나 거들떠 보겠습니까? 무슨 향기나 꿀이 있으니, 봄이 되면 나비 한 마리, 벌 새끼

한 마리 찾아올 리 있겠습니까? 처음 너덧 살까지는 그야말로 쓸쓸하게, 쓸쓸하게 커갔습니다. 쓸쓸하나마도 그대로나 내버려 두었으면 오히려 좋게요. 참 위험하고 어마어마한 경우도 여러 번 치렀습니다.

두서너 살이나 되었을 때인지 봄철이 되어 뭇 초목이 새파랗게 싹 틀 때이기에 나도 다른 동무들과 같이 섞여서 나풀나풀 새 잎사귀를 피게 되었었는데, 하루는 동리 늙은이 한 분이 자기 집 소를 끌고 와서는 나 있는 곳에서 몇 발자국 안 되는 가까운 곳에다 말뚝을 쿵쿵 박고 소를 매고 가겠지요.

"오냐, 저놈 앞에 내가 다 뜯겨 먹히고 마나 보다."

하며 속으로 무시무시한 생각이 나서 그 멍청한 소눈깔('쇠눈'을 속되게 이르는 말)만 쳐다보고 있노라니까, 왜 아닐까요, 차차 그 소가 내 옆으로 차츰차츰 가까이 오겠지요.

코를 씩씩 불며 냄새를 맡아 보더니만 다행히 제 입맛에는 맞지 않았던지 뜯겨 먹히지는 않았지만, 그 대신 다른 풀을 뜯어 먹으려고 슬슬 돌아가는 판에 그만 천 근이나 되는 넓적스름한 발굽에 그만 밟히고 말았습니다요. 아프고 어쩌고 그만 정신이 까무러져서(정신이 가물가물하여짐) 한참 동안 그대로 있었습니다. 그러다가 얼마 후에야 간신히 정신을 차려서 보니까, 허리가 반절이나 부러졌겠지요. 그러나 워낙 뿌리가 튼튼하였기에 얼마 안 있어서 도로(다시) 회생은 되었으나, 그때 일을 생각하면 지금도 정신이 아찔하고, 소만 보면 그때 놀란 가슴이 지금도 울렁거립니다.

그 후 한 3, 4년 지났을 때의 일입니다. 나도 제법 몸이 커져서, 회초리 가지가 바람이 불면 꽤 낭창낭창 흔들릴 만하게 되었는데, 역시 봄철이었습니다. 하루는 요 안 동리에 사는 빨강 저고리에 돌띠(어린아이의 저고리나 두루마기에 달린 긴 옷고름)를 달아 입고 얼굴부터 험상궂게 생긴 놈이(보아하니 심술이 그리 좋지는 못할 것 같았습니다) 무슨 심술인지 손으로 내 허리를 뚝— 꺾겠지요. 소에게 놀란 뒤라 이번에는 더 말할 것도 없이 그만 정신을 잃고 피를 줄줄 흘렸습니다. 간신히 가죽에 엉겨 붙어서 목숨만은 끊이지 않았지요. 그러다가 어떻게 해서 몸에 맥이 돌아 눈을 간신히 떴습니다. 그랬더니 내 몸에 막대기를 대고 지푸라기로 칭칭 감아놓았는데, 내 옆에는 열두 살쯤 된 색시 하나가 인제 여덟 살쯤 된 사내 동생을 데리고 물바가지를 들고 서 있는 것이 보였습니다. 그것은 확실히 아까 못된 아이에게 죽을 봉변을 당하여 까무러쳐 있는 나를 이 색시가 동생하고 물 떠먹으러 오다가 보고 가엾이 여겨서 그렇게 막대기를 대고 지푸라기로 감아준 것이 확실했습니다. 그래, 나는 두 번째 죽을 고비를 마음 착한 아가씨의 은혜로 살아났습니다.

그 후 나는 나를 꺾은 아이와 지푸라기로 감아준 색시 오누이가 어떻게 되는지 두고 보리라 마음먹었습니다. 그랬더니, 과연 몇십 년 후 동리 사람들이 내 아래에 와서 이야기하는 소리를 가만히 들어 보니까, 나를 꺾던 아이는 중간에 병이 들어 그만 반신불수가 되어 일생을 고생 고생 하다가 그대로 죽고, 그 마음씨 곱던 색시는 가난한 집으로 시집가서 처음에는 퍽 어렵게 살았는데, 그 남편이 훌륭하게 출세하여 큰 정치가로 일국의 이름난 재상이 되고, 그때 바가지를 들고 누님을 따라왔던 동생은 큰 학자가 되었다고 합니다. 물론 내게 잘못 했다고 다 병신이 되고, 내게 잘했다고 복을 받을 리야 없겠지만, 내가 듣기에는 마음에 퍽 시원하고 기뻤습니다.

또 한 번은 이런 일이 생겼습니다. 그것은 내가 열 살이 넘어 제법 면목만이나 하게 컸을 때인데, 봄도 다 가고 여름이 되어서 몸에 피가 한창 돌 판이었습니다. 하루는 가는 비가 축축이 내리고 해서 새 물맛을 좀 보려고 온 정신을 하늘로만 쏟고 있는데, 발밑에서부터 거진(거의) 겨드랑이 위까지 별안간에 칼로 에는 듯이 따끔하기에 그만 질겁할 듯이 아래를 내려다보니까, 떠꺼머리 동리 총각이 머리에 수건을 쓰고 제 딴에는 잘 한답시고 벙실벙실하며 내 가죽을 벗겨 들고 서 있겠지요. 아무리 무지막지하기로서니 글쎄 산 나무를 세워 놓고 껍질을 그렇게 벗겨서야 되겠습니까. 그것은 시골서 짚신 뒤꿈치를 감는 재료로 흔히 내 가죽을 쓰기에 그 총각도 무지막지하게 나를 세워 놓고 막 가죽을 벗긴 것이나, 다행히 한 3분의 1도 채 못 되게 벗겼기에 그대로 살아나기는 했습니다. 그러나 그때 받은 상처가 워낙 커서 그만 한편은 영영 병신이 되어 지금도 이렇게 한편이 썩었습니다.

그후 얼마 안 가서 그 총각이 내 가죽으로 총이 굵다란 짚신 감기를 쳐서 신고 의젓하게 내 밑에 와서 낮잠을 자고 있는데, 마침 개미 한 마리가 하필 쏘아도 배 고쟁이 속으로 기어들어 가서 불알을 쏘았는지 정신없이 자다가 깨어서 미친놈 뛰듯이 뛰는 꼴이란 상쾌하기도 상쾌하거니와 나

혼자 보기에 정말 아까웠습니다.

이것이 내가 오늘까지 살아온 중에 제일 죽을 뻔하고 혼난 세 가지 일입니다. 그 뒤로도 큰 홍수가 한 번 나서 사람이며, 짐승, 집재(家財, 한 집안의 재물이나 재산, 살림 도구나 돈 따위 등)조차 떠내려가는 큰일이 일어난 적이 있습니다. 그러나 그때는 워낙 내 뿌리가 사방으로 널리 퍼졌기에 큰 화를 면할 수 있었습니다. 그 후로도 큰 한재(旱災, 가뭄으로 인하여 생기는 재앙)에 몇 번이나 목이 말라서 고생했고, 이따금 몹쓸 바람 아래에 자식 손자 놈들이 불쌍하게 죽어 가기도 했지만, 지금은 그 수효가 원체 불어서 큰 걱정은 없습니다. 그리고 그 세 번째 큰 화를 당한 후 어느 해 여름, 나는 일생 중 가장 큰 기쁨을 맛보았습니다.

___1929년 《어린이》 7 · 8월호

지금까지는 꽃도 없고, 냄새도 없고, 그늘도 어려서 사람들도 눈을 거들떠보지 않고, 새 한 마리, 짐승 한 마리 찾아오는 법이 없더니, 내 나이 열댓 살이 되자 가지도 제법 퍼지고 여름이면 그늘이 제법 땅을 덮게 되었습니다.

그런데 하루는 뜻밖에도 노란 황금 같은 새 한 마리가 홀딱 날아와서 내 팔에 앉기에 앉는 대로 내버려 두고 보았더니, 어이쿠! 어쩌면 고조막만도 못한 몸뚱이에서 그렇게도 교묘한 울음소리가 나옵니까. 나는 세상에 나온 지 10여 년 만에 처음 세상의 사랑과 재미를 맛보았습니다. 지금까지 그렇게 쓸쓸히 혼자만 지내다가 갑자기 그런 새가 와서 예쁘게 노래를 해주니 어찌 기쁘지 않겠습니까?

그래, 그만 하도 사랑스러워서 품 안에 꼭 안아주었더니, 그 후로는 그만 친한 동무가 되어서 날마다 그 동무가 나를 찾아주었습니다. 그러나 그때까지도 그 친구의 이름을 모르고 지냈습니다. 그러다가 얼마 후에야 그 친구가 와서 노래를 부르는데, 마침 동네 아이들이 몰려오더니,

"예! 꾀꼬리 봐라, 꾀꼬리 봐!"

하는 통에 비로소 친구의 이름이 꾀꼬리인 줄 알게 되었습니다.

그다음에는 매미가 와서 늘 우는데, 그놈이 어찌나 신선 노릇을 하려드는지 아침 해가 뜨기도 전에 와서는 석양이 되어 해가 다 넘어가도록 한가로운 짓을 하고 앉았으니, 그럴 때는 동네 장난꾸러기 애들이라도 좀 와서 그놈을 쫓았으면 하는 얄미운 생각도 났습니다. 하지만 그 대신 개미 떼란 놈들이 내 발부리 밑에다 집을 짓고 부지런히 역사(役事,토목이나 건축 따위의 공사)를 하는 데는 그것이 가상스러워서 발을 간질여도 그대로 버려두고 지켜보았습니다.

내 나이 그럭저럭 3, 40이 되고 보니, 벌써 이 근방에서는 내로라할 만큼 뻗어난 정자나무 이름을 듣게 되었습니다. 그래, 이제는 온 동네의 귀여움과 사랑을 받게 되어, 여름 한 철이면 아침부터 저녁까지 내 밑에 사람의 자취가 끊이지 않습니다. 폭양이 푹푹 쬐는 날 논밭에서 일하다가 땀을 철철 흘리며 쉬러 오는 농군들에게는 나도 될 수 있는 대로 그늘을 많이 지어서 땀을 식혀 주고 싶었지만, 일 없는 청년이나 늙은이들이 장기판이나 바둑판을 짊어지고 와서 요리조리 자리를 옮겨 가며 해종일(온종

일)을 설칠 때는 별안간 소낙비라도 쏟아져서, 그 사람들 옷을 흠씬 적셔서 가는 꼴이 보고 싶기도 했습니다. 아닌 게 아니라, 그런 광경을 당하고 돌아가는 일 없는 사람들의 꼴을 실제로 본 적이 한여름에 두어 번씩 있었는데, 그때마다 나는 퍽 재미있어서 불어오는 바람에 춤을 덩실덩실 추기도 했습니다.

세월은 허망도 하지요. 내 나이 70이 넘고, 80이 넘고, 백 살이 거의 될 때는 내 몸뚱이도 거의 아름드리가 되었지만, 옆으로 위로 뻗어 나간 가지도 제법 도리(서까래를 받치기 위하여 기둥 위에 건너지르는 나무) 기둥감이 되었습니다. 그러나 나와 함께 자라던 동네 사람들은 벌써 죽어서 하나도 남지 아니하고, 그들의 증손자 고손자들이 해마다 여름이 되면 내 팔에다가 짚 동아줄(굵고 튼튼하게 꼰 줄)을 칭칭 감아서 그네를 매고 뛰노는데, 나도 팔이 아프기는 했지만, 그들의 할아버지들과 정답게 지내던 일을 생각하여 그대로 참아주었습니다. 사실 말씀이야 바로 말씀이지, 당신들의 20대 할아버지, 15대 할아버지, 10대 할아버지, 5대조, 고조, 증조할아버지, 아버지까지 내 팔에 그네 한 번 안 타 보신 어른은 별로 없으시지요.

그런데 사람도 오래 살면 눈앞에 못 볼 꼴을 많이 보는 것과 마찬가지로 나도 이렇게 5백 살이나, 6백 살이나 살려니까 차마 못 볼 참혹한 일을 참 많이 보았습니다. 제일 마음 쓰린 일은 나와 같이 커 가던 동네 친구들이 한 6, 70년 지나니까 하나씩 둘씩 죽어서 노란 마포(麻布, 삼베)에 싸여서 내 앞을 지나 무덤으로 갈 때였습니다. 그 시체 지나가는 것을 볼 때마다 나는 웬 셈인지 마음이 슬퍼서 견딜 수가 없었습니다.

한 번은 참 불쌍한 일이 내 눈 아래서 생겼습니다. 어디서 떠돌다 온 거지인지는 몰라도 지극히 남루한 의복을 걸치고 겨울날 추울 때 벌벌 떨며 병든 몸을 간신히 끌고 거적 한 잎을 메고 내 밑에 와서 신음 신음하는데, 누구 하나 돌봐주는 이 없고, 병은 더하고, 날은 춥고 해서 결국 내 밑에서 운명하고 말았습니다. 그런데 그 시체조차 치워주는 이가 없어서 그해 겨울을 아무도 모르게 눈 속에 고이고이 묻혀 있다가, 그 이듬해 봄에야 어떤 동네 사람에게 겨우 발견되었습니다. 그러나 요즘 같은 세상에 어느 누가 그 임자 없는 송장을 알뜰히 살뜰히 묻어주겠습니까? 거적 두어 잎으로 둘둘 말더니 죽은 개새끼처럼 끌어다가 저기 저 건너 산 끝에다가 대충 가래질(가래로 흙을 파헤치거나 떠 옮기는 일)을 치고 말았습니다. 내가 본 시체 중에는 제일 가엾어 보인 시체가 그 거지의 시체였습니다.

그러자 그 해에 별안간 동네에 큰 괴질이 돌아 사람이 죽고 앓고 하는데, 동네 사람들은 그 거지가 죽어서 원혼이 되어 동네를 망치려 든다며 야단야단이었습니다. 이에 밥을 한다, 떡을 한다 해서는 그 거지가 죽은 자리에 와서 무당굿을 하고 별별 짓을 다 했지요. 어찌나 얄밉던지 손발을 움직일 수 있다면 단번에 그놈의 밥그릇이며 떡 그릇을 내리 부셔놓고 싶었습니다. 그리고 사람처럼 요사(妖邪, 요망하고 간사함) 비사(鄙邪, 보잘것 없고 간사함)한 것이 없다는 생각이 드는 동시에 가엾게 죽은 거지가 한층 더 불쌍해서 견딜 수가 없었습니다.

6백 년이나 거의 살았으니 그간의 풍상이야 얼마나 많았겠습니까. 난리도 여러 번 치르고 병화(전쟁)도 여러 번 겪어서 죄 없는 몸에 탄알도 여러 번 맞았소이다.

앞으로인들 또 무슨 일이 생길지 알 수 있습니까? 기쁜 일이 생길지, 슬픈 일이 생길지, 하여간 당신들이나 튼튼한 몸으로 잘 커서 좋은 일을 많이 하십시오.

너무 지루할 것 같습니다. 그만 그치지요. 땀이나 좀 식었습니까?

___1929년 9월《어린이》특집호

___**방정환**
최초의 순수 아동잡지《어린이》를 창간하고, 1921년 '어린이'라는 단어를 공식화했으며, 1923년 5월 1일 한국 최초의 어린이날을 만들었다. 이후 '세계아동예술전람회'와 '구연동화회'를 만드는 등 아동문학가 및 사회운동가로 활동했다. 주요 작품으로《사랑의 선물》과 사후에 발간된《소파전집》등이 있다.

향산기행

___노천명

    여행이란 미리부터 날을 받고 일행을 짜고… 이리하여 갖추어진 만반의 준비 아래서 행해지는 것보다는 모름지기 뜻하지 않게 갑자기 행장(行裝, 여행할 때 쓰는 물건과 차림)을 차려 가지고 훌쩍 떠나 보는 것이 실로 멋진 일이며, 또 여기에 여행이 갖는 낭만의 진미(眞味, 참맛)가 있는 법이다.

    혼자 이렇게 길을 떠나 찻간에서 전연(전혀) 알지 못하는 사람과 이웃해 앉고, 혹은 마주 앉는다는 것은 첫째 신경이 피로하지 않아 좋고, 다음으로 마음대로 내 생각을 달리기에 좋은 것이다.

    내가 묘향산(妙香山, 평안북도 영변과 희천, 평안남도 덕천에 걸쳐 있는 산)의 절경을 구경한 것도 이런 의외의 수확이었다.

    신문사 사규(社規, 회사의 규칙)에 부지런히 일한 사원에게는 일 년에 2주일 동안 휴가를 준다는 게 있다. 그러나 이는 일의 편의에 따라 노는 것일 뿐, 실상은 기껏해야 한 닷새쯤 쉬면 많이 쉬는 것이었다.

이 휴가는 흔히 한여름 삼복중에 얻게 되며, 사원들은 번갈아가며 휴가를 얻어야 했다.

휴가가 사(社)의 철도국 패스와 함께 나한테 돌아온 것은 한창 장마 때였다. 모처럼 얻은 휴가를 장마 때 받기는 아닌 게 아니라 좀 애석한 감이 없잖아 있었지만, 비가 그치고 나면 일이 또 한창 비쁠 때라 몸을 빼기가 좀 어렵기에, 나는 그대로 휴가를 받기로 했다. 어쨌든 나는 경의선 패스를 얻어왔다. 그러고는 이 닷새라는 일수와 약간의 금액을 소비하고, 어떻게 하면 최대한도의 효과를 거둘 것인지 궁리하였다.

나는 부쩍 이 기회에 동룡굴(평안북도 구장 용문산 남쪽에 있는 종유굴)과 묘향산엘 가고 싶어졌다. 그때 묘향산엔 K가 있었고, 영변엔 벗 H의 집이 있어 휴가를 맡거든 제각기 저 있는 곳으로 오라던 차라, 내 욕심은 동룡굴에 들렀다가 묘향산으로 돌아서 오기로 했다.

밤차를 타고 가면서 보니 서울에서 오던 비가 어디에선가부터 걷히고 있었다. 이대로 나간다면 좀 더 북쪽으로 가고 보면 아주 쾌청할 것도 같았다.

나는 뷰로(bureau, 사무실)에서 얻은 가이드북을 뒤적거리며 처음 타 보는 만포진선(평양에서 평안북도 만포에 이르는 철도 노선)의 연결을 살폈다.

이튿날 아침, 평양역에서 만포진선으로 갈아탔다. 차가 마치 경편철도(輕便鐵道, 기관차와 차량이 작고, 궤도가 좁으며, 규모가 작은 철도)처럼 자그마한 게 여기서는 등급을 가릴 나위가 없었다. 그런데 떠날 시간이 되었는데도 무려 수십 분을 염치없이 지체한다.

　머리에 겹수건을 날아갈 듯이 쓴 젊은 여인네 한 분이 찻간으로 오른다. 차에 오르자마자 그 여인은 미리부터 자리를 잡고 있던 중년 남자를 보더니 서슴는(결단을 내리지 못하고 머뭇거리며 망설임) 기색도 없이,

　"아, 어데메 가십네까?"

　하고 북녀의 기상을 뽐내자, 그도 반갑게 웃으며,

　"내 양덕에 물 좀 하래 갑네다."

　하는 걸 보니, 서로 잘 아는 터인 성싶은데, 그 쾌쾌한 기상들이 맘에 든다.

　"그럼 순천(順川, 평안남도 순천)서 갈아타시야갔시다래, 난 희천(熙川) 좀 갑네다."

　그들의 이야기를 통해 순천에서 기차를 갈아타면 양덕이라는 탕지(湯地)가 있다는 것쯤 어렴풋이 짐작할 수 있었다.

　그러고 나서 나는 차장한테 동룡굴 가는 길을 한 번 더 자세하게 물었다.

　"이것 좀 보세요, 동룡굴에 가려면 구장(球場)서 내려 어떻게 가나요? 무슨 버스 편이라도 있나요?"

　내가 이렇게 묻자, 차장은 다소 딱한 빛을 띠며

　"동룡굴요? 동룡굴은 지금 장마가 져서 못 봅네다."

　"그래요오?"

　자연 말에 힘이 빠질 수밖에 없었다. 그도 그럴 것이 여행 계획 절반이 꺾였기 때문이다.

"묘향산도 그럼 비가 많이 와서 못 보게 될까요?"

"거긴 괜치 않을 걸요"

차장의 괜치 않을 거라는 말은 그 말 자체가 표현하듯이 나를 안심시켜 주지 못했다.

휴가를 좀 있다가 맡을 걸 그랬나 보다. 하나 나는 불안에 눌리는 것이 싫어서 창밖으로 얼른 눈을 줘버렸다.

고량(高粱, 수수의 한 품종)이나 조가 심어졌어야 할 텐데, 가도 가도 자꾸 나타나느니 옥수수밭뿐이다.

여기선 웬 옥수수를 저처럼 많이 심느냐고 물었더니, 이 지경(地境, 일정한 테두리 안의 땅)에서는 이 옥수수가 한 큰 농사라는 것이다. 이걸 몇 백석씩 한다는 데 내가 좀 놀라는 기색을 보이자,

나와 얘기를 하던 여인은 나더러,

"어디까지 가요?"

하고 묻는다.

"묘향산까지 가요."

"어디에서 오시나요?"

"저어, 서울서 옵니다."

찻간에 오르는 사람들의 방언이 다 달라진 만큼 서울이 저 멀리 떨어져 있다는 것으로 느껴져, 내 "저어 서울"이란 말은 그러고 보면 지나친 과장도 아닌 듯싶다.

오후 5시 25분 마침내 묘향산 역에 도착했다.

비가 온 뒤인지라 땅은 질었으나 요행히(뜻밖으로 운수가 좋게) 우비가 없어
도 다닐 만했다. 역에서 내리니 얼마 안 가서 바로 자동차가 있는데, K씨
가 마중을 나왔다. 행여 내가 오나 하고 날마다 차 시간이면 나와 보았다
고 한다. 거기서 한 20분 동안을 자동차로 달렸다.

여기 사람들은 묘향산을 묘자는 약(略, 생략함)하고 그냥 향산이라고 통
하고 있다.

묘향산을 본 사람이라면 누구나 확실히 묘향산이라기보다는 향산이
라고 부르는 데서 정다움을 느낄 줄 안다.

이제부터는 나도 향산이라고 부르기로 한다.

우선, 여장을 보현사(普賢寺) 내 한 여사(旅舍, 여관)에다 풀고 이튿날 새벽
일찍 향산에서 제일가는 명승인 상원암(上院菴)에 오르기로 했다.

아침 일찌감치 일어나 보니 보슬비가 내리고, 산을 쳐다보니 자욱하게
안개가 둘려 봉우리들이 구름 속에 솟은 듯 산에 오르기는 장히(매우 또는
몹시) 어렵게 됐다. 하는 수 없이 이날은 여관에서 바로 멀지 않은 보현사
를 보기로 했다.

보현사는 향산의 주찰(主刹, 중심이 되는 절)로 보현사 북쪽 안심사(安心寺)
에 있는 굉랑선사(宏廊禪師)의 학덕이 높아 이를 흠모하고 사방에서 제자
들이 모여드니, 정종(靖宗, 고려 제10대 왕) 8년에 24전각(殿閣)의 대가람(大伽藍)
을 청건하고, 3천 승도(僧徒, 승려의 무리)가 모였다는 역사 깊고 오래된 절로
한국 5대 사찰에 드는 곳이다

화웅전(和雄殿), 만세루(萬歲樓) 등은 원주며 천장의 단청이 낡아 그 빛을

알아보기 어렵게 되었으나, 그 웅대하고 장(壯)한 맛이 넉넉히 산뜻한 새 것을 압도하고 남음이 있다.

거대한 종이며, 어마어마하게 큰 북이 한 번 울릴 양이면 그야말로 사 바중생(娑婆衆生, 괴로움이 많은 인간 세계의 살아 있는 무리)의 괴로움과 번거로움을 어루만져 줄 것 같다.

전당 안을 이렇게 둘러보고 또 뜰에 나와 거닐어 보며, 지난날의 유향(幽 香, 그윽한 향기)을 맡아 본다. 전에는 이런 전각이 20여 채나 이 아경(俄頃)에 즐비했다는데, 장구한 세월을 지나는 동안 대부분 허물어지고 혹은 헐려 서 오늘에는 불과 십여 채 남짓할 뿐이다. 그럼에도 잔디밭 지름길을 사 이에 두고 혹은 디딤돌로 돌이 띄엄띄엄 서 있는 전각들은 3천 승도가 모 였다는 찬란한 옛날을 충분히 상상케 하고 남음이 있다.

절간 울(울타리) 안 처처(處處, 곳곳)엔 이끼 낀 큰 석비(돌로 만든 비석)가 서 있 다. 다가서서 비문을 언뜻 보면 모르는 걸 빼놓은 채 서산대사니 사명대 사니 하는 고승들의 이름이 나오는 게 반가웠다.

이렇듯 늙은 귀한 절이 사람의 손이 잘 안가, 건물이며 모든 것이 붕괴 의 역사적 과정을 노구(老軀, 늙은 몸) 그것처럼 가만히 앉아서 받고 있는 것 같이 보인다. 그 옆으로 큰 가마솥이 걸린 채 반은 무너진 부뚜막이 있다. 이 전각의 부엌을 나서며 우리 일행은 절의 재정을 공연히 걱정하며 여 사로 향했다.

걸어서 내려오니까 길가 밭엔 옥수수가 탐스럽게 달려 있다. 밭지기 인 성싶은 여인에게 K가 그 옥수수를 좀 쪄서 팔 수 없느냐고 물었더니,

여인은 지극히 몇 마디 안 되는 말과 태연한 태도로 안 된다고 압축해 버린다.

두 번 말을 건네지 못하고 내려오다가 또 한 군데서 이번엔 농군같이 보이는 사나이에게 또 좀 사자고 했더니, 역시 돈을 줘도 팔 수 없단다. 어째서 그러냐고 물으니 이 근방에 있는 것들은 무엇이고 먼저 부처님께 드렸다가 먹는 법인데, 옥수수는 아직 드리지 않았으니 아무도 먹을 수 없다는 것이다.

그 이튿날도 아침에 날씨가 깨끗하지 못하고, 산허리엔 안개가 둘리고, 빨래를 축이기 좋으리만큼 이슬비가 내렸다.

엊저녁에 부탁해놨던 상원암에 올라 갈 안내자가 왔다.

비가 와서 어디 산에 오르겠느냐고 걱정을 한즉, 이런 비쯤은 해가 퍼질 때쯤 되면 갠다며, 여기는 원체 높고 깊은 산이 되어서 언제나 아침결엔 산허리의 안개가 걷히느라고 이슬비가 좀 내리고, 날이 아침부터 들기가 어렵다는 것이다.

산 사나이가 어련히 산골 천지를 잘 알랴 싶어 우리는 경장(가벼운 복장)을 하고 쾌히 그 뒤를 따라 나섰다. 오늘은 우리 일행에 학생이 하나 더 늘었다. K에게 물으니 보현사에 묵는 동경 모 대학에 다닌다는 청년인데, 얌전한 품이 동행을 해도 괜찮을 것이란다. 그의 인상을 보니 내게도 이의가 없다.

우거진 풀 속에 여기저기 우뚝우뚝 서 있는 비석들을 끼고 우리는 보현사 뒷산 상원암 가는 길을 해쳤다.

칡덩굴에 걸리고 돌 각댁 위로 넘어서다 보니, 일조청류(一條淸流, 한 줄기 깨끗한 물)가 우리 앞을 가로막는다.

양말을 벗고, 운동화를 손에 들고 그 내를 건넜다. 다시 양말을 신고 걷노라니, 우불구불(이리저리 고르지 아니하게 굽은 모양) 산을 끼고 지대가 높아지는 곳에 이번에는 폭포같이 쏟아지는 물이 또 길을 가로막지 않는가. 우리가 또 발을 벗으려 드니 안내자의 말이 상원암까지 가자면 이런 물을 수없이 건너야 할 테니 그냥 들어서라는 것이다. 이 좋은 경개(경치)를 보거든 신등매(신발끈)를 맨 채 물을 건넌들 어떠랴 하고 그대로 좇으니, 과연 숱한 청계(淸溪)를 건너고 나서야 산복(山腹, 산비탈. '산허리'로 순화)에 이르렀다. 이제부터 이런 내는 없으나 연연히 올라가는 것이 슬며시 숨 가쁜 일이다. 그렇다고 해서 가파른 험한 길은 아니요, 천생 걸을 만한 길인 데는 둔한 산허리지만 원체 높이 올라가는 것이고 보니 나같이 심장이 약한 사람은 자꾸 쉬어 가자는 말이 일행을 웃긴다.

몇백 년 묵은 나무들인고? 아름드리 수목들이 체격 좋은 청년처럼 알맞게 비대해져서 서로 엉킴이 없이 하늘을 향해 쭉쭉 뻗었다. '세상이 괴로워지거든 향산으로 들어와 저 나무들을 툭툭 찍어 통나무로 집을 짜고, 맑은 물 푸른 산을 싫도록 보며 살까 보다.' 이런 생각을 하는 틈에 일행은 제법 나를 뒤에 뒀다. 안내자의 향산가(香山歌)를 들으며 울울창창(鬱鬱蒼蒼, 큰 나무들이 아주 빽빽하고 푸르게 우거져 있는 모습)한 수간소로(樹間小路, 나무 사이로 난 작은 길)를 따라 앞서거니 뒤서거니 하며 보는 좌우의 승경(勝景, 빼어난 경치)은 아픈 다리를 달게 잊어버릴 만하다. 아름드리 박달나무며 향목(香

153

木, 향나무)들이 우리가 가는 길에 내내 늘어서 있다. 기름으로 윤을 낸 것같이 고운 박달나무의 몸이 뛰어나게 곱다.

설암대사(雪岩大師)의 시에 '산재청천살수원 웅반면한접천문 경간황락간임후 향목청청설리흔(山在淸川薩水源 雄潘面寒接天門 更看黃于林後 香木靑靑雪裡痕)'이라 하여 향목(香木)이 많다고 했다니, 향산(香山)이란 이름 역시 향나무가 많은 데서 나온 것은 아닌지 모르겠다.

어느덧 햇살이 퍼져 우리는 그늘로 들어서 가길 좋아하고 그럭저럭 한나절이 가까웠다.

잡새 소리 하나 들리지 않고 시내도 보이지 않는데 어디선가 물소리만이 들려와 산속의 고요함을 일층 더 느끼게 해준다. 맑은 공기와 산의 정기를 마음껏 마시며 우리는 인호대(引虎臺)를 지나 상원암에 다다랐다.

상원(上院) 법왕봉(法王峰) 아래 천신폭(天神瀑), 용연폭(龍淵瀑), 산주폭(散珠瀑)을 안고 멀리 동으로 일출봉과 월출봉을 굽어본다.

상원에서 우리는 잠깐 지친 다리를 쉬고 걸머졌던(짐바에 걸거나 하여 등에 걸치어 들음) 점심을 먹었다. 그 후 다시 상원을 떠나 한 줄기 장폭(長瀑, 긴 폭포)을 뒤로한 채 산록(山麓, 산기슭)으로 돌아가 머루, 다래 덩굴이 엉킨 데로 내려섰다. 갈대를 헤치며 다시 기어오르는 산마루에 사리탑(舍利塔, 부처의 사리를 모셔 둔 탑)이 높게 서 있는데, 그 맞은편에 단군굴(檀君窟, 단군이 탄생했다는 굴)이 있다. 암혈(岩穴, 바위에 뚫린 굴)이 궁륭(穹隆, 활이나 무지개처럼 한가운데가 높고 길게 굽은 형상. 또는 그렇게 만든 천장이나 지붕)하여 집같이 되어 있는데, 혈구(穴口, 굴 입구)의 높이는 일 장 반, 넓이가 50척, 속의 길이가 35척이나 된다고 하니, 골짜기 하나 사이에 두고 바라보기에는 그다지 큰 것 같지 않았다.

여기서 전설을 씹으며 우리는 산허리를 타고 푸른 양치류를 헤치고 귀로로 향하는 것이다.

중로(中路, 오는 길의 중간)에서 서산대사의 정양처(靜養處, 몸과 마음을 안정시키기 위해 휴양하는 곳)였다는 금강굴을 보며 내려오는데, 풀리다 남은 구름이 연화봉 허리에 둘린 것이 선녀의 우의(羽衣, 날개옷)가 아닌가 싶고, 원근 연봉들이 비를 머금은 듯, 자진(스스로) 안개에 둘려 있는 경치는 잘된 한 폭의 수묵화를 보는 듯 우리를 한참 황홀하게 했다.

돌아오는 길에 우리 일행은 향로봉 정상에 올라 향산의 소위 8만 4천 봉을 내려 굽어보는 장관을 보지 못한 것이 못내 아쉬웠다. 그러나 나는 이것으로도 족했다.

일찍이 서산대사가 한국의 4대 명산을 평하며 가로되, "금강산이부장(金剛山而不壯, 금강산은 빼어나지만 장엄하지 못하고), 지리장이부수(智異壯而不秀, 지리산은 장엄하지만 빼어나지 못하며), 구월부장부수(九月不壯不秀, 구월산은 장엄하지도 못하고 빼어나지도 못하다), 묘향역장역수(妙香亦壯亦秀, 묘향산은 장엄하기도 하고 빼어나기가 이를 데 없다)"라고 하여 향산을 명산의 제1위에 놓았다고 하니, 우리가 보고 이렇게 취함도 지나침이 아니리라.

저녁때가 가까워졌을 즈음, 피곤한 다리를 이끌고 평탄한 길로 내려서 여사로 드는 길에 앞서 본 보현사를 지나려니까, 염주를 목에 건 백발 스님과 어린 상좌들이 나란히 앉아 목기(木器, 발우)에다 밥을 떠서 묵묵히 식사를 하고 있다.

그 앞을 지나는 우리는 은연중 잡담을 삼키고 옷깃을 여미었다.

우물가에서는 여인이 고사리를 헹구고 있다.

__1948년 수필집《산딸기》

__**노천명**

이화여전 재학 중 시 <밤의 찬미>, <포구의 밤> 등을 발표하였고, 그 후 <눈 오는 밤>, <사슴처럼>, <망향> 등 주로 애틋한 향수를 노래한 시를 발표하였다. 널리 애송된 대표작 <사슴>으로 인해 '사슴의 시인'으로 불린다. 주요 작품으로 시집《산호림》과《별을 쳐다보며》, 수필집《산딸기》 등이 있다.

여행지에서 본 여인의 인상

__ 이익상

─ 이상한 기연(奇緣)

C신문사를 퇴사하던 이튿날—8월 10일 밤 일이었다. 한일월(閑日月, 한 가로운 시간, 즉, 휴가)을 얻은 김에 흠씬 철저하게 한적(閑寂, 한가하고 고요함)을 맛 보자 하는 엷지 않은 욕심을 갖고 석왕사(釋王寺, 함경남도 안변 설봉산에 있는 절. 산이 아름답고, 물이 맑아 근처에 있는 삼방 협곡과 함께 계곡 휴양지로 유명함)를 향하게 되 었다.

종로에서 전차를 탈 때부터 나의 마음에는 여행 기분이 가득하였다. 여행하는 사람의 특성과 여행의 성질에 따라 여행하는 사람이 느끼는 바 가 다르지만, 나의 그때 여행은 대단히 감상적이었다. 어쨌든 4년간이나 정들었던 C사를 하직한 섭섭한 마음에 가슴이 왠지 모르게 두근거렸다. 그렇지 않아도 여행은 흔히 그 특수한 의의가 고독을 느끼는 데 있는 터에 나의 그때 그 길은 온 세상을 저버리고 나 혼자 사람 없는 곳을 찾아가는 듯하였다. 그렇게 고독을 느끼는 만큼 사람이 그리웠다.

전차 안에서 한참 눈을 감고 울렁거리는 가슴을 진정할 때였다. 나의 어깨를 흔드는 사람이 있었다. 눈을 번쩍 떠서 그를 쳐다보았다.

고향 사람 R이었다.

"자네, 어디 가나?"

그가 손에 여행구(旅行具, 여행할 때 차리는 행장)를 들고 있는 까닭에 그를 향해 물었다.

"어떤 이가 어디를 좀 간대서…."

"가는 이가 누구야?"

좀 심악(甚惡, 몹시 나쁨)하지만, 나는 물어보았다.

"저 이가…" 하고 R이 가리키는 편에는 날씬하고, 얼굴빛이 희고, 트레머리(가르마를 타지 않고 뒤통수 한복판에 넓적하게 틀어 붙인 여자의 머리)에 에나멜 구두를 날아갈 듯이 신은 신여성 한 분이 차창 밖을 내다보고 서 있었다. 나는 일종의 호기심이 번쩍 일어났다.

"어디를 간대?"

"원산(元山)으로 해수욕을 간대…."

나와는 같은 북행(北行)이었다. 그러나 그는 원산이요, 나는 석왕사였다.

"그러면 나와 한 차로 가겠군?"

그러던 중 여자가 이쪽을 향해 머리를 돌렸다. 얼굴과 비교해서 눈과 입이 퍽 작았다. 극장에서 더러 본 듯한 기억도 났다.

"어떤 사람인가?"

"차차 알지!"

R의 대답은 시원치 못하였다.

꼬치꼬치 캐묻기도 안 되어서 그대로 정거장까지 아무 말 없이 갔다. 그러나 한 번 호기심을 가진 이상 그 여자의 행동이 눈에 안 띌 수 없었다. 또 그 여자를 배웅하러 나온 남자의 수가 의외로 많다는 것을 알았다. 그녀는 마치 아양(귀염을 받으려고 알랑거리는 말. 또는 그런 짓) 부리는 여왕처럼 그들 사이에 납시었다(예전에, '나가시다' 또는 '나오시다'의 뜻으로 지위가 매우 높은 사람에게 쓰던 말).

발차(發車) 시각이 가까워져 오자 나는 그대로 사람 물결에 휩싸여 구내로 들어가서 자리를 보전하고 그대로 누웠다. 그 여자와 나는 차의 등(等. 등급)이 벌써 달랐다.

석탄 냄새와 사람들이 내뱉는 입김의 탄산가스로 혼탁해질 대로 혼탁해진 공기를 밤새도록 마시고, 아침 해가 차창을 비출 때쯤 나는 석왕사 역에 내렸다.

석탄 연기에 까맣게 그은 얼굴에 새벽 서늘한 바람을 쐬며 정거장 출구로 향하자 어젯밤에 원산으로 해수욕 간다던 칠피(漆皮. 옻칠을 한 가죽) 구두를 신은 여성이 바로 내 앞을 서서 걸어간다. 나는 웬 셈(영문. 일이 돌아가는 형편이나 그 까닭)인지 알 수 없었다. 물론 원산 간다는 말을 그 여성의 입에서 직접 들은 것은 아니었으나, R의 말과는 다른 것이 더욱 호기심을 일으켰다. 그 여자는 무심코 뒤를 돌아보았으나, 나를 유심히 보는 것처럼 느끼었다. 그네가 어젯밤 자기 일을 R과 내가 말한 것을 눈치챘는지 알 수 없으나, 한 번 보는 데도 사람의 뱃속을 훑어낼 듯한 매서운 맛이 있었다. 그네의 의복은 이미 어젯밤 것이 아니었다. 차 안에서 청결하게 꾸미고 나온 것이 더욱 눈에 띄었다. 어젯밤 보던 것이란 칠피 구두뿐이었다. 아마 석왕사를 좀 들려서 목적지로 향하는 것인가 보다 하고, 바로 승합 자동차를 몰아 석왕사 여관으로 향하였다. 자동차에서 내리자 그는 어느 곳으로 사라져 버렸는지 그림자도 볼 수 없었다.

그 며칠 뒤였다. 조석(朝夕, 아침저녁)으로 약수터에 물 먹으러 왕래하는 것이 한 노동이었다. 한 번은 아침이 느직하였을 때 약수를 먹으러 내려갔더니 화장을 정성 들여 한 그 여자가 물바가지를 들고 약수터 안으로 들어섰다. 어깨를 서로 나란히 해서 만나기는 처음이었다. 그의 눈에는 벌써 한두 번 본 것이 아니라는 목례(目禮, 눈인사)에 가까운 친한 시선이 떠돌았다. 같은 남성끼리도 향수를 느끼는 여창(旅窓, 나그네가 거처하는 방. 또는 객지에서 묵고 있는 방이란 뜻으로 '객지'를 뜻함)에서 이처럼 정다운 시선을 만나는 것이 그다지 불유쾌한 일이라고는 할 수 없거늘, 하물며 그것이 꽃같이 아름다운 여성에서야! 말할 수 없는 '쇼크'를 아니 느낄 수 없었다. 나는 그의 얼굴을 바라보느라고 어정어정(키가 큰 사람이나 짐승이 이리저리 천천히 걷는 모양)하다가 물 뜰 자리를 잃어버렸다.

그는 물 주전자에 한참 물을 뜨다가 물바가지를 들고 나를 바라본다. '컵'을 앞으로 내놓으라는 것이었다. 나는 감사하는 뜻을 말하고 물을 컵에 가득 받아서 여러 숨에 걸쳐 삼키었다. 이것이 그녀와 말을 나눈 첫 번째 순간이었다. 그의 여관을 묻고자 하였으나, 어쩐지 점직한(부끄럽고 미안함) 생각이 들어 그만두었다. 그리하여 그는 그대로 산 아래로 내려가고, 우리 일행은 위로 올라갔다.

이런 일이 있은 뒤로 물먹으러 내왕(來往)하는 길에 그녀를 두어 번쯤 더 만났고, 그때마다 우리는 잊지 않고 목례를 나누었다.

이삼일 후 S관에서 함께 머물던 K형과 원산 해수욕장으로 하루 소창(消暢. 심심하거나 답답한 마음을 풀어 후련하게 함)하러 가려고 석왕사역으로 향하였다.

정거장에 와 보니 칠피 구두 신은 여성이 나와 앉았다. 처음에는 차에서 내리는 이를 마중이라도 나왔겠거니 했지만, 차표를 사는 것을 보니 그도 원산을 가는 것이 분명하였다. 그런데 웬일인지 오늘은 본체만체하고 인사도 없다. 내가 먼저 인사를 할 필요도 없거니와, 그렇게 건망증에 잘 걸리는 것이 현대 여성인가 하고 혼자 웃으면서 K형과 함께 차가 떠나기를 기다리었다.

그 여자는 모친인 듯한 중늙은이와 동생인 듯한 어린 계집아이와 동행하고 있었다. 같은 차에 앉아서도 서로 눈 한번 말 한마디 나누지 않고 원산역에 내려서 그들은 인력거를 몰아 어느 곳인지 급히 가 버리고, 나는 시가(市街, 시내)를 어정거리고 한참 돌아다니다가 정오에 송도원 해수욕장으로 차를 몰아갔다. 나는 자연히, 그 여자가 해수욕장에 오지나 않았나 하고 살피게 되었다. 그러나 그는 보이지 않았다. '참 괴상한 여자야!' 어쩌면 늘 하던 인사를 그렇게 적인 듯이 끊어버리나!' 하고 호기심을 더욱 갖게 되었다. 소위 세인(世人, 세상사람)들이 떠드는 애매한 여성임이 분명하다고 생각하였다.

그날 석양에 석왕사로 돌아오려고 급히 원산역을 향하였다. 그런데 그곳에 그 여자가 또 나와 있다. 그리하여 그와 나는 아침과 마찬가지로 아무 말 없이 차를 탔다. 경성이나 삼방(三防)에 가나 보다, 라고 생각했더니, 석왕사에 이르자 그 또한 차를 내리었다.

그 뒤 며칠 석왕사에 머무르면서 한 번인가 두 번인가 역시 약수터에서 그녀를 다시 만났다. 그는 여전히 다시 인사를 한다. 나는 이 인사란 결국 약수터에서만 하는 인사인가보다 하고 혼자 웃고 말았다.

그 이틀 뒤 ─ 삼방을 들려 경성으로 돌아오려고 정거장으로 나왔다. 자동차 앞에 인력거 세 대가 달려갔다. 인력거 셋 중 하나에는 분명 그 여자가 타고 있었다. 그리고 또 한 대에는 그와 백중(伯仲, 우열을 가릴 수 없을 만큼 비슷함)을 다툴 만한 미인이 탔고, 나머지 한 대에는 수염을 불란서(佛蘭西, '프랑스'의 음역어)식으로 전제(剪制, 가위로 자름)한 중년 신사가 한 분 타고 있었는데, 풍채가 당당한 것이 '부르주아'나 귀족계급인 듯하였다. 경성으로 가나 보다 하고 무심히 정거장에서 기차를 기다렸다. 그들의 인력거가 정거장에 닿았을 때, 그 여성은 또다시 나를 모르는 체하고 시선을 다른 곳으로 돌렸다. 약수터에서만 하는 인사인 것이 분명하였다.

기차는 얼마 뒤 삼방 가(假, 임시) 정거장에 도착하였다. 나는 행장(行裝, 여행할 때 쓰는 물건과 차림)을 챙겨서 급히 내렸다. 그런데 제2 승강대에서 그 여자 일행이 내려온다.

그동안 그 여자는 경성에서 원산까지 어떤 활동을 하기 위해 몇 번이나 왕래하였는지 알 수 없으나, 내가 경성으로부터 석왕사까지, 또 석왕사에서 원산까지, 또다시 석왕사에서 삼방까지, 무슨 약속이나 한 것처럼 또는 일행인 것처럼 도정(道程, 어떤 장소나 상태에 이르기까지의 과정)을 함께하게 되었다. 그러니 마치 내가 그녀를 미행이나 한 것처럼 되고 말았다. 그 여자 역시 하도(너무) 이상하게 여기는 모양이었다. 그리하여 저이들이 무슨 이야기를 하는 것이 마침, 저이가 나를 따라다니나 봐요, 하는 듯한 계면쩍은 생각도 들었다. (이것을 역용(逆用, 역이용)하면 그가 나를 미행하는 것인지도 모르지만.)

나는 충충 산협(山峽, 산속 골짜기) 길을 걸어 백수(白水) 여관으로 들어갔다. K군과 R군을 만나 여장(旅裝, 여행할 때의 차림)을 풀은 뒤 광장 휴게실에 앉아 이상한 여성과의 기연(奇緣, 기이한 인연)으로 행정(行程, 어떤 목적에 따라 정하여진 길)이 집 떠난 뒤부터 오늘까지 꼭 같음을 말하고 웃던 차에 그 여성이 양장(洋裝, 옷차림이나 머리 모양을 서양식으로 꾸밈. 또는 그런 옷이나 몸단장)을 하고 우리 곁을 지나갔다. 이번에는 그의 얼굴과 우리 눈이 서로 피할 수 없게 꽉 만났다. 그는 머리를 숙여 인사를 받는 사람 아니면 모를 만큼 슬쩍 하고는 그대로 문밖으로 나아갔다.

"아! 저 여자 말이오! 요전에 여기 와서 돈을 물 쓰듯이 쓰고 갔다고 여관 안에서 평판이 자자한 여자라우. 그리고 올 때마다 따라오는 남자의 얼굴이 다르다고 하던걸요."

이것은 R군의 그 여자에 대한 설명이었다.

그의 얼굴을 그 이튿날까지 그곳에서 구경하였으나, 그 뒤에 그와 같이 온 중년 신사만 남아있었고, 그는 도무지 보이지 않았다.

그 뒤에 우리끼리 앉으면 말말끝(이런 말 저런 말을 하던 끝)에 그 여자의 말이 나왔다. 그러나 그 여자의 정체를 분명히 아는 이는 없었다.

삼방에서 4일을 묵은 뒤 경성으로 돌아오는 차 안에서 그가 또 타지 않았나 하고 살피었으나, 그의 그림자도 보이지 않았다.

___ **1927년 10월 《별건곤》 제9호**

___ **이익상**

이상적 사회주의를 지향했던 지식인 작가. 《개벽》에 〈예술적 양심을 결여한 우리 문단〉을 발표하며 문필활동을 시작했으며, 카프(KAPF)의 발기인으로 참가했다. 주요 작품으로 〈어촌〉, 〈흙의 세례〉, 〈젊은 교사〉 등이 있다. 《동아일보》 학예부장, 《매일신보》 편집국장과 이사 등을 역임했다.

몽고 사막 횡단기

__ 여운형

─준비

외몽고 경유 모스크바행의 여정(旅程, 여행의 과정이나 일정)을 앞두고 나는 장가구(중국 허베이 성 북서부에 있는 도시)에 5일간 머물렀다. 같이 떠나게 되어 있던 중국 상인들의 준비를 기다릴 필요가 있었을 뿐만 아니라 나 자신을 위해서도 갖가지 준비가 필요했기 때문이다.

당시 외몽고 일대는 여행자들에게 매우 위험한 상태에 있었다. 볼셰비키의 붉은 세력 앞에 쫓겨 난 러시아 제정파의 거두 웅겐 남작(운게른 슈테른 베르크. 엄청난 수의 몽골인을 학살하여 '미친 남작'으로 불린다)의 2만여 반혁명군이 외몽고 일대를 전야(戰野, 싸움터)로 하여 완강한 반항을 1개월 이상이나 계속하다가 마침내 전멸된 직후였으며, 또 외몽고 자체로서도 재래의 중국에 대한 낡은 예속 관계를 파기하여 자주독립을 선언하고 외몽고의 수도 고륜(庫倫, 울란바토르)에 있던 중국의 지배 관료를 모조리 내쫓은 뒤였다. 그 때문에 중국 변경과 외몽고 일대는 마치 무정부 상태에 빠진 것처럼 혼란과 무질서가 지배하고 있었을 뿐만 아니라 마적단이 자주 출몰하여 여행객의 안전한 통행을 위협하는 등 약 3개월이나 중국과 외몽고 간의 교통이 두절되어 있었던 것이다. 그리하여 우리 일행의 출발은 이 위험 지대 돌파의 첫 시험이나 다름없는 것이었다.

원래 우리가 떠나려는 외몽고 길에는 보통 밤이 오면 그대로 한천(寒天, 겨울의 차가운 하늘)에서 잠을 자며 여행을 계속하는 카라반 이외의 특별한 행정적 사명을 띄우고 여행하는 중국의 관료 계급을 위하여 적당한 지점마다 일정한 숙사(宿舍, 숙박하는 집) 설비가 있었다. 그런데 우리가 떠날 때쯤 이러한 시설은 그림자도 없어지고 말았다. 그러다 보니 밤이 오면 야천(夜天, 밤하늘)에 노영(露營, 야영)을 해가면서 여행을 계속해야 할 형편이었다. 이러한 관계를 고려하여 내가 준비한 여행의 필수품은 대개 아래와 같은 것이었다.

털내의, 가죽옷, 낙타털로 안을 받친 장화, 깃털이 그대로 붙어있는 늙은 양가죽으로 만든 방한모자, 털가죽으로 만든 긴 외투, 털가죽으로 가장자리를 싼 셀룰로이드 안경, 늙은 양털가죽으로 만든 자루 이불──이러한 것들이 대개 내가 준비한 방한구였다.

벌써 늦은 가을이 다 가고 북지나(북중국) 일대에 엄혹한 겨울이 어두운 그림자를 던지기 시작한 때였다. 닥쳐오는 엄한(嚴寒, 매우 심한 추위)을 눈앞에 두고 노천 야영의 만 리 여정을 떠나려는 자의 관심과 우려의 집중되는 초점은 무엇보다도 우선 방한구의 준비였던 것이다.

　방한구 다음으로는 식료품 준비가 문제였다. 오랜 여행기를 통해 부패하지 않을 음식을, 그러면서도 여행 중의 피로를 회복하고 원기를 보존하기에 충분할 만큼 영양가가 풍부한 음식물이어야 할 것이었다. 우선, 중국식 만두와 서양식 빵을 주식물로 구하여 놓고, 부식물로는 통째 삶아 오랜 저장에 견딜만하게 해놓은 닭 서너 마리, 시베리아식 오이지, 비스킷, 초콜릿 등…. 또 음료로는 커피 두서너 통, 우유 몇 통, 그리고 음료라기보다도 약용으로 위스키 한 병 — 이것이 식료품의 거의 전부였다. 이렇듯 음식물은 최소한도의 불가결한 범위에 국한하였다.

　이리하여 입을 것과 먹을 것은 그럭저럭 거반(居半, 거의) 준비되었으나 먹고 입는 것뿐이라면 그것은 철도와 기선을 이용할 수 있는 문명 세계의 관광여행에도 요구되는 보통의 조건일 것이다. 이외에 다시 한 가지 조건이 피할 수 없이 요구되었다. 그것은 험난한 전도(前途, 앞으로 나아갈 길)를 앞두고 이길 수 없는 생명의 위험에 대비하기 위한 몇 가지 보신용 무기의 준비였다. 피스톨, 기병용 소총, 예리한 비수 등이 그것이었다. 거기에 밤의 어둠에 대비하기 위한 양초 몇 자루를 더 넣으면 장가구 출발에 당하여 내가 준비한 일체의 비품 목록은 완성될 것이다. 이 밖에 자동차의 각종 부속품과 가솔린(휘발유) 등을 자동차 책임자인 외몽고 상사회사의 콜맨 씨가 누락 없이 준비하였던 것은 말할 것도 없다.

―출발

이리하여 각반(各般, 모든 범위에 걸쳐 빠짐이 없는 하나하나. '여러 가지'로 순화)의 준비도 완성되고 함께 갈 중국 상인들도 모두 한곳에 모여 마침내 5일간의 체류에 정들었던 장가구 시가에 이별의 말을 던지고, 외몽고 벌판의 망막한 사막을 향해 만리 원정의 길을 떠난 것은 영하 10도 이하의 추위가 북중국 일대에 몰려온 11월 하순의 어느 오후였다.

벌써 중천을 지나 서쪽으로 기울어지기 시작한 태양은 우울한 초겨울 하늘 회색 구름 속에 흐려졌는데, 우리 일행을 실은 3대의 자동차는 앞뒤로 서서 허물어진 성문을 나서니 멀리 망막하게 보이는 누런 들판에는 눈 닿는 곳 어디나 누런 나무 그림자 하나 없이 이미 황량한 사막에라도 들어선 듯한 느낌을 주는 것이었다.

자동차 바퀴 바람에 휘날리는 황진(黃塵, 누런빛의 흙먼지) 사이로 보이는 것은 아무런 변화도 없이 무한히 전개되는 잠자는 듯이 흐릿하고 생기 없는 벌판뿐이었다. 이곳저곳에 가끔 나타나고 사라져 가는 나지막한 구릉은 그 흐릿한 서토색과 너무나도 나직하고 유순한 곡선으로 이 망망한 평원에 변화와 활기를 주는 대신에 오히려 이 벌판의 특색인 무감각한 침울과 단조를 한층 더 강조하여 줄 따름이었다.

멀리 장가구 시가를 싸고 있는 낡은 성 터가 아득한 지평선 저쪽 시야 밖에 희미하게 사라져가고, 일별무애(막히거나 거치는 것이 없음)의 광야에 한참이나 황진을 휘날리며 질주하더니, 자동차는 알지 못하는 사이에 적이(꽤 어지간한 정도로) 굽이진 경사를 올라가기 시작하였다. 우리의 제1의 목적지인 외몽고의 수도이자 중심도시 울란바토르 가는 길에 가로누워 있는 유명한 고비사막의 고원지대가 이제야 그 한복판을 우리의 바퀴 아래 가로 놓이기 시작한 것이다.

나는 보드라운 자동차 쿠션에 묵묵히 허리를 깊게 파묻고 비스듬히 앉아 뒤로 날아가는 황야의 풍경을 한참 바라보고 있었다. 그러나 변화 없는 단조한 풍경은 가슴에 육박하는 그 거대하고 부착할 수 없는 인상에도 불구하고 오래지 않아 나의 시각을 피로하게 하고 말았다. 흐릿한 황토색의 망망한 벌판, 평범하게 기복(起伏, 지세가 높아졌다가 낮아졌다 함)한 구릉의 나직한 곡선 이외에는 나의 시각의 흥미, 주의를 포착할 만한 아무런 변화도 나타나지 않았다. 그로 인해 알지 못하는 사이에 나의 두 눈은 스스로 감기고 흥미와 관심의 촉수는 어느덧 상념의 세계를 더듬기 시작하였다.

기대가 하도 많은 대망의 여행, 그것도 출발 첫날이었다. 유쾌하게 흥분된 나의 뇌리를 마치 주마등처럼 갖가지 상념이 달음질 치고 지나가 자동차 밖으로 전개되는 대륙 풍경의 변화에도 일체 무관심하던 중, 어느덧 사막의 해가 지고 어둠이 사방에서 몰려오기 시작하였다. 때마침 우리 일행은 일망무애의 사막 가운데 조그마한 부락(部落, 마을)을 발견하고, 그 부락에 있는 어떤 덴마크 선교사 집 앞에 하룻밤 유숙(留宿, 남의 집에서 묵음)을 청하게 되었다.

노크 소리에 문을 열고 우리를 맞아들인 집주인의 기쁨은 실로 예상 이외였다. 귀찮은 여행객들에게 하룻밤 잠자리를 제공한다는 것이, 무엇이 그렇게 기쁠까 생각하면서, 그들이 두 손을 벌리고 눈을 빛내면서 떠들고 지껄이며 멀리서 온 손님을 환영하는 말에 나는 감사의 뜻을 표하였다. 그러나 생각해 보면 그것도 오히려 자연스러운 일이었다. 마치 절해고도(육지에서 아주 멀리 떨어져 있는 외딴섬)에 귀양 온 사람들처럼 이 광막한 사막에서 외로운 살림을 해 나가는 그들에게 그들과 한가지로(똑같이) 구라파(歐羅巴, '유럽'의 음역어) 말을 하는 사람들이 반갑지 않을 리 없기 때문이다.

우리 일행 중에서도 물론 콜맨 씨와 그다음에는 영어를 자유롭게 쓸 줄 아는 몇 사람이 가장 환영을 받은 것은 말할 것도 없다.

건물의 외양은 몽고식과 구라파식을 절충한 조잡한 양식이었으나, 내부 설비와 장식 등은 상당히 정비된 서유럽 문화를 보여주었으며, 주인 측 네 사람도 모두 교양 있는 선교사들이었다. 그중 둘은 여인네, 둘은 남자였다. 그러나 그들이 두 쌍의 부부라고 속단해서는 안 된다. 모두 독신자 노총각에 노처녀들이었다.

우리 일행을 위하여 그들이 준비해준 만찬도 꽤 훌륭한 것이었다. 신선한 우유, 보드라운 양고기, 갓 구운 빵 등 간단하나마 깨끗하고 풍미 있는 식탁이었다.

식탁의 화제는 우리가 가지고 갔던 영자신문을 중심으로 하여 다음에서 다음으로 그칠 줄 몰라, 그야말로 목마른 사람이 물을 구하듯이 이 사막의, 고도의 주인공들은 외부 세계의 최근 모든 사건에 쉴 새 없는 질문의 화살을 던지는 것이었다.

크라이스트(그리스도)의 진리를 믿고 그 전도를 위하여 속세의 삶을 버린 뒤 사막의 광야에서 거룩한 고행을 하고 있는 그들이었으나, 그들의 온갖 관심과 흥미는 모조리 그들이 버리고 온 인간 속사(俗事, 일상생활의 잡다한 일)에 휩쓸리는 것이었다. 기독교에 관한 편언척구(片言隻句, 몇 마디 안 되는 짧은 말)도 우리가 접할 수 없었던 것이었다. 그들의 이러한 태도는 내게는 오히려 매우 자연스러웠으며 또 그렇기 때문에 퍽 기쁘고 유쾌한 것이었다.

우리는 가지고 있던 10월, 11월분의 영자신문을 모두 그들에게 제공하고, 그들과 함께 밤이 깊어가는 것도 잊은 채 담소(談笑, 웃고 즐기면서 이야기함. 또는 그런 이야기)를 나누다가 새벽 두 시가 지나서야 침대에 몸을 던졌다. 실로 유쾌한 밤이었다.

이튿날 아침, 우리는 이 유쾌하고 고마운 선교사들의 집에 작별을 고하고 다시 끝이 보지지 않는 사막의 바다에 새로운 나그네의 발을 내놓지 않으면 안되었다.

하룻밤 신세를 갚기 위하여 숙박요금을 지불하겠다고 하였으나, 그들은 끝까지 사양하였다. 그리하여 그들이 경영하는 몽고 아동 의료교육기관에 약간의 기부로 사의(謝意, 감사하게 여기는 뜻)를 표할 뿐이었다. 고색창연(오래되어 예스러운 풍치나 모습이 그윽함)한 자그마한 벽돌집 교회당과 그 옆에 5, 60명의 몽고 아동을 교육시키기 위해 세운 간결한 학교 건축이 떠나는 나의 가슴에 이상스럽게도 그립고 애달픈 정서를 자아내어주었다.

네 명의 선교사는 교회당 문 앞에 서서 서로 아득히 안 보이게 될 때까지 손수건을 흔들어주었다.

─사막

여정 이틀째에 들어서니 고원(高原, 보통 해발 고도 600m 이상에 있는 넓은 벌판)의 경사는 점점 더 높아지고 기온은 급속히 차가워지며 바람이 몹시 일어나 누런 모래가 가끔 앞을 가릴 만큼 어지러이 날렸다. 마치 거대한 누런 기둥이 사막 한복판에서 하늘에 닿도록 서 있는 듯이 선풍(旋風, 회오리바람)에 휘날리는 모래 떼를 바라보는 것은 실로 장관이었다.

이날은 아침부터 해가 질 때까지 만 하루를 꼬박 달렸지만, 마을의 그림자조차 발견하지 못하였다. 그 대신 바람이 없는 사구 비탈에서 조그마한 우물을 발견하였다. 그나마 천행(天幸, 하늘이 준 행운)으로 여기고, 우리는 그 옆에서 하룻밤 노숙을 준비할 수밖에 없었다.

벌써 꽝꽝 얼어붙은 식료품을 몇 가지 꺼내어 근근이(어렵사리 겨우) 흉내만 내고, 밤이 되자 갑자기 추워지는 사막의 기온에 몸을 떨면서 잠을 잘 준비를 하였다. 준비라고 해야 가지고 온 자루이불('침낭'을 말하는 것으로 보임)을 모래 위에 펴놓은 것밖에는 별 신통한 도리가 있을 리 없었다.

이불과 요를 겸하여 두꺼운 양털 가죽으로 만든, 말하자면 커다란 자루처럼 되어 있는 이 침구야말로 사막 여행자를 위해 다시없는 유일한

잠자리였던 것이다. 피스톨을 베고, 소총은 옆에다 끼고, 가죽옷을 입고, 장화를 신고, 방한모 안경 그대로 자루 속으로 쑥 들어가는 것이 무릇 사막여행자의 취침 의식의 전부였다.

잘 때도 총을 손에서 떼지 않는 것은 사막을 횡행(橫行, 거리낌 없이 제멋대로 행동함)하는 표한한(성질이 급하고 사나움) 도적 떼를 두려워해서라기보다는 먹을 것을 찾아 밤 벌판을 방황하는 잔인 무비한 맹수 떼에 대비하기 위해서이다.

방한모로 머리와 뺨을 가리고 방한 안경으로 눈을 가리었으나 그래도 머리를 이불 밖으로 내어놓을 수 없을 만큼 사막의 밤은 추웠다. 한란계(온도계)를 들여다보니 영하 20도를 훨씬 더 내려가고 있었다.

나는 자루이불 속으로 머리까지 쑥 파고 들어가 눈을 감았다. 그러나 호흡이 곤란하여 이따금 머리를 밖으로 내놓고 숨을 쉬지 않으면 안 되었다. 그때마다 주위에 전개되고 있는 밤 사막의 무겁고 침울한 광경을 바라볼 수 있었다.

멀리 어둠 속에 희미하게 보이는 평탄한 지평선에서는 끊일 새 없이, 마치 무서운 괴수의 독기처럼 새카만 구름이 뭉게뭉게 떠올라 넓은 하늘을 다 덮어갔다. 그리하여 나중에는 다만 한가운데 하늘의 절정만이 검푸른 야색(野色, 밤의 경치)을 남기고 그 나머지는 완전한 암흑 속에 그림자를 잃고 마는 것이었다. 이 침울하고 처참한 자연의 조화를 지켜보는 것은 마치 무슨 불길한 징조라도 되는 것처럼 나를 괴롭고 불안하게 하였다. 그러나 몇 번이고 자루이불을 들락날락하는 사이에 불길한 자연의 조화는 차차 그 협위(脅威, 위협)의 손을 거두었다. 새카맣던 밤하늘이 차차 그 본래의 검푸른 빛을 회복하고, 암흑 속에 자취도 없이 사라졌던 먼 지평선도 그제야 그 암시와 약속을 품은 희미한 선으로 대지와 천공(天空, 끝없이 열린 하늘)을 나누어 놓았기 때문이다. 그리하여 하나둘씩 반짝거리기 시작한 별들은 삽시간에 온 하늘을 덮고 그 영원히 젊은 눈동자로 밤의 땅을 향하여 영구히 풀지 못할 수수께끼를 속살거리기 시작하였다.

나는 추위도 잊어버리고 한참 동안 이불 밖에 머리를 내어놓은 채 이 한없이 아름답고 거룩한 사막의 밤하늘을 바라보았다.

아! 얼마나 장엄하고 얼마나 삼엄한 광경이었으랴.

그 광경은 이제 먼 옛날의 아득한 추억 속에 희미해졌다. 또한, 나의 마음도 벌써 그때의 새롭고 보드라운 젊은 감수성을 많이 잃었다. 그래도 그 밤의 기억만은 언제까지나 나의 마음속에 새롭다.

이 사막을 생활 무대로 하고, 이 밤하늘을 생활 배경으로 하는 저 유목민들의 정열과 감격이 어떠한 것인가를 나는 처음으로 아는 듯싶었다.

세계를 석권한 저 칭기즈칸의 뒤를 이은 이민족의 지도자들이 전통과 습관에 절어 있는 정주 문명(일정한 곳에 자리를 잡고 살아가는 인류의 문명)에 대해 보여준, 저 완화할 수 없는 적대감과 가차 없는 박해와 파괴의 역사도 이 특수한 자연의 분위기 속에 잠길 때는 극히 단순한 자연스러운 현상처럼 생각되는 것이었다.

이 한없이 장엄하고 자유로운 자연의 품속에 호흡하고 생활하는 인종이 한 줌의 흙과 한 주먹의 씨로 삶을 농사짓고 귀찮은 속박과 아니꼬운

복종의 쇠사슬로 얽매인 정주 문명의 번잡한 생활 형태와 타협되고 융화되기를 누가 감히 상상이나 할 수 있으랴!

─ 고륜(울란바토르)을 향해

이 감명 깊은 밤을 새우고 나니 목적지인 고륜(울란바토르)까지는 사흘의 여정이 남았을 뿐이었다. 아득히 보이는 먼 지평선에서부터 시작된 희미한 여명(黎明, 희미하게 날이 밝아 오는 빛. 또는 그런 무렵)의 빛이 차차 넓은 천공을 일제히 덮기 시작하니, 검푸른 밤빛은 어느덧 사라지고, 처음에는 맑은 은회색이 다음에는 투명한 담청색이 하늘을 물들이기 시작하였다. 그리하여 젊은 아침 태양의 황금빛 햇살이 그 타는 듯한 반영(反影, 반사하여 비치는 그림자)을 아득한 지평선 저쪽에서 보내기 시작할 때 우리는 벌써 간단한 아침 식사를 마치고 사흘째 여정을 시작하였다.

우리의 여행은 이날도 전일과 다름없이 단조로운 풍경의 바뀜 이외에는 아무런 풍파도 없이 무사히 계속되었다. 다만, 고원지대의 절정이 가까워짐에 따라 온도가 점점 내려갈 따름이었다.

이날 여행에서 본 기이한 현상을 구태여 들어본다면 그것은 사막 고원지대에 곳곳마다 있는 일종의 분지가 그 연변(緣邊, 둘레나 테두리)에 하얗게 천연 소금을 만드는 현상일 것이다. 아마도 이것은 우수(雨水, 빗물) 속에 포함되어 있는 염분이 분리되어 나타나는 것이리라.

이날 밤도 역시 전날과 마찬가지로 야천에서 노숙을 하며 지내었다. 추위는 훨씬 더 심한 듯하였다.

다음날 오정쯤 되어 우리는 비로소 망막한 사막 가운데서 풀밭을 발견하였다. 풀은 다 시들어 누렇게 되어 있었다. 그러나 그곳에는 천막의 흔적도 있고, 유목민이 오랫동안 생활의 근거지로 삼았음을 알려주는 여러 가지 흔적이 보였다. 아마도 도적이 횡행하거나 그렇지 않으면 전쟁의 화가 여기까지 미쳐 그들을 이곳에서 다른 곳으로 내쫓은 것이 틀림없었다.

이 초원이 있는 장소는 일종의 비스름한 산비탈을 이루어 이 산비탈에서 우리는 떼를 지어 달려가는 영양(羚羊, 솟과의 포유류 중 야생 염소와 산양 따위의 짐승을 통틀어 이르는 말) 무리를 만났다. 사막에 흔한 사슴 몸뚱이에 양의 뿔이 돋은 짐승이다. 우리는 환호성을 지르면서 소총을 들어 되는대로 함부로 이 짐승 떼를 향하여 쏘았다. 인적이 드문 광야에 맘대로 뛰놀던 짐승들은 이 불의의 공격에 그만 정신을 잃고 황망하게 도망쳤다. 그래도 그들이 다 도망하고 난 자리에는 네 마리의 희생자가 피에 묻어 쓰러져 있었다.

이 뜻하지 않은 사냥은 이날 밤 우리에게 진미의 만찬을 제공하였다. 마른 음식에 질려있던 우리는 국을 끓여 먹기에 의견이 일치되어 모래 위에 쌓여있는 눈을 녹여 물을 만들고 가솔린 통을 솥으로 삼았다. 또한, 요행이(뜻밖에 운수 좋게) 사막 한복판 여기저기 서 있는 풍우(風雨, 비바람)에 썩는 대로 내버려 둔 전신주를 발견하여 갖고 온 보신용 비수(匕首, 날이 날카로운 단도)로 깎아 불사를 나무를 구하니, 이만하면 요리 준비는 충분하였다.

간은 물론 갖고 있는 소금이었다. 가솔린 냄새는 이 훌륭한 수프의 훌륭한 가미를 조금도 방해하지 않고 오히려 일종의 미묘한 향료로서의 작용을 해주는 것 같았다. 이날 밤의 국처럼 맛있는 음식을 나는 그전에도 그후에도 맛본 일이 없다.

고기는 덩어리째 꺼내 소금에 찍어 먹고, 국물은 훌훌 들이마셨다. 만일 의외로 얻은 이 훌륭한 국이 아니었던들 이날 밤의 노숙은 실로 견디기 어려웠을 것이다. 온도계는 영하 30도 이하의 저온을 가리키고 있었다. 그러나 뜨거운 국을 양껏 먹은 기운으로 우리는 모두 비교적 많은 시간을 자루이불 속에 파묻혀 있을 수 있었다.

이튿날 아침, 잠을 깨니 어제저녁 국에 입속을 데인 사람이 나 혼자만이 아니었다. 입천장을 데어 벗어진 엷은 가죽을 모두 뱉었다.

장가구를 떠난 지 나흘째 되는 날부터는 사막 이곳저곳에 유목민의 천막과 가축 떼를 발견하게 되었다. 때때로 우리는 음료수를 얻기 위하여 이들 유목민 마을에 들르기도 하였다. 자동차가 멈추기만 하면 그들은 와—하고 몰려들어 차 안을 들여다보기도 하고 호기심에 눈을 빛내면서 우리에게 그들의 몽고말로 무엇이라고 수작을 걸기도 하였다.

그들은 사양하지 않고 우리에게 물건을 요구하였다. 그중 담배와 술을 가장 탐내었다. 담배를 한 개 꺼내주면 그들은 그것을 몇 사람이거나 모두 한 모금씩 돌려가면서 빨았다. 나는 그들에게 갖고 있던 위스키를 주었다. 마치 어린애 같은 그들의 기쁜 표정을 보니, 술과 담배를 좋아하지 않는 탓에 충분히 준비하지 못한 것이 못내 애석하였다.

장가구를 떠난 지 닷새 되는 날, 마침내 우리는 목적지인 울란바토르에 다다랐다. 울란바토르 미처 못가 멀리 왼쪽 구릉 위에 장대한 사원 건물을 하나 발견하였는데, 그것은 몽고 민족의 생활에 마치 아편이나 다름없는 해독을 흘려보내는 라마교 사원이었다. 이 절은 약 5백여 명의 신도를 그 지배하에 두고 있는 외몽고 유수의 거대한 라마교 사원이기도 했다.

여행 사흘째부터 내리기 시작한 눈은 울란바토르에 다다를 때까지 계속되어 우리 일행이 울란바토르 시가에 들어섰을 때는 새하얀 눈이 사막 벌판과 몽고식 웅장한 사원 건축, 허물어지는 인가(人家, 사람이 사는 집), 대상(大商, 장사를 크게 하는 상인)들의 천막 등 모든 것을 덮고 있었다.

__ 1936년 4월 《중앙》

__ 여운형

독립운동가이자 정치가. 호는 몽양. 1918년 중국으로 건너가 신한청년당을 만들었고, 파리 강화 회의에 우리나라 대표로 파견되기도 했다. 《조선중앙일보》 사장 재직 당시에는 올림픽에서 우승한 손기정 선수의 사진에서 일장기를 지운 뒤 보도한 '일장기 말소 사건'을 주도했다. 2008년 건국훈장 대한민국장이 추서되었다.

양덕온천의 회상

__ 김남천

처음에는 사람 없는 절간을 찾아 1, 2개월 정도 그곳에 묻혀서 장편소설 천 매를 써 가지고 돌아오리라 생각하였다. 신문도 잡지도 보지 않고 전념하여 나의 최초 장편소설을 이루어보리라고 결심했던 것이다.

작년 5월 중순, 석 달을 작정하고 서울을 떠나 나는 나의 고향으로 갔다. 그러나 가깝고 편리한 절간을 찾아낼 수 없어서 그다음으로 생각한 것이 양덕온천이었다.

양덕이 내 고향서 불과 백 리, 자동차로 한 시간 반이면 갈 수 있는 고장이건만, 나는 여태껏 그곳의 흙을 밟아본 적이 없었다. 그러나 고향사람들의 양덕 내왕은 잦았고, 내 가족 중에도 더구나 부인들은 한두 차례씩 다녀오지 않은 이가 없었다. 고을 안에서도 일 년에 한두 번 친척 집 대사(大事, 큰 잔치나 예식 등을 치르는 일)가 있을 때만 외출하시는 내 어머니(그러니까 아직 평양 구경도 하시지 못하였는데)도 양덕온천에 벌써 4, 5차례나 다녀오셨고, 내 누이들도 한두 번은 거의 다녀왔다. 어머니는 소화불량, 신경통 등 신환(身患, 몸에 생긴 병)으로 다녔었지만, 누이들은 대개가 어머니의 수행으로 다녔다. 비교적 건강하신 가친(家親, 남에게 자기 아버지를 높여 이르는 말)이나 나 같은 청소년은 한 번도 양덕온천을 구경하지 못하였었다.

이것으로 짐작이 가겠지만, 양덕온천은 여태껏 유흥지는 아니었던 것이다. 지금 철로가 놓이고 앞으로 평원선이 개통되면 주을(朱乙, 함경북도 경성군 남쪽에 있는 읍. 온천으로 유명함) 못지않은 아름다운 경개(景槪, 경치)로 인해 단연 눈부신 고급 유흥지가 될 것을 추상키 힘들지 않으나, 아직은 병을 고치는 온천일 뿐, 결코 배천(白川)이나 온양, 해운대 같은 유흥지는 아니다. 그러니까 시설 같은 것은 아무런 보잘것없다. 욕탕도 남녀 공중탕이 있을 뿐, 대탕지(大湯池)에 구룡각이라는 호텔이 있기는 하나 설비에 비해 숙박료만 비싸고 지나치게 음탕하다. 또한 하녀가 기분금(幾分金, 얼마간의 돈)에 의하여 유녀(遊女, 술과 함께 몸을 파는 일을 직업으로 하는 기생, 색주가 따위의 여자들을 통틀어 이르는 말)로 변하리만큼 공공연하게 비천하다. 그래서 점잖은 부부는 어느 정도 투숙에 곤란함을 느낄 정도다.

나는 목적이 원고 집필이었기 때문에 대탕지를 택할 엄두가 나지 않았다. 더욱이 양덕에 사돈이 살고 있었을 뿐만 아니라 고향 사람들의 내왕도 잦았기 때문에 몸가짐에 더욱 신경 써야 했다. 또한, 간혹 평양이나 성천 등지에서 이곳을 찾는 부녀자들 가운데는 색채에 굶주린 젊은 청년의 눈을 어지럽게 할 위험성도 없지 않았다. 아닌 게 아니라, 사돈 한 분과 처음 대탕지를 찾았을 때 활짝 열어 놓은 여탕 탈의장 창전(窓前, 창문 앞)을 지나치다가 섣불리 두면 있는 부인네의 붉은 몽뚱아리(몸뚱이)를 보지 않으면 안 되었고, 결국 오랜만의 해후를 그대로 보내기 서운하다 하여 백주에 산정에서 무릎을 마주하고 맥주를 나누게까지 되었었는데, 이런 상태로 밤이 오고 밤이 가고 하는 동안 내 머리가 평정한 상태에서 집필을 계속할 수 있을지 심히 의문이 들지 않을 수 없었다. 본시 전장에 향하는 듯한 각오를 하고 떠난 길이라 부녀자 앞에서 도학자적인 태도를 견지할 만한 뱃심은 준비되어 있었으나 궤도를 벗어나서 때로 분마(奔馬, 빨리 내닫는 말)처럼 내달리는 방분(放奔, 힘차게 내달림)한 청성(靑星, 젊은 청춘)의 마음을 뉘라서 보장할 수 있을 것인가. 군자는 위태로운 데 가까이 가지 않음이 의당(宜當, 사물의 이치에 따라 마땅히)하다고 생각할 수밖에 없었다.

나는 이리하여 그곳에서 버스를 타고 60리를 더 원산 쪽으로 들어간 석탕지 온천으로 향하지 않을 수 없었다. 주석을 붙여 두거니와 양덕온천이라면 대탕지 온천을 가리킨다. 평원 서부선 양덕에서 약 10분쯤 산보(散步, 걸어감) 허(許, 곳)에 있다. 상세사(詳細事, 상세한 내용)는 관광협회 발행의 여행안내서나《조선의 온천》을 보면 좋을 것이다.

그러므로 석탕지(돌탕지)는 같은 양덕온천에 포함은 되지만 그것과는 구별해서 생각할 필요가 있다.

석탕지 욕탕도 편창회사(片倉會社, 회사 이름. 가타쿠라라는 사람이 운영하는 회사로 추정됨)에서 경영을 한다지만 시설은 서울 낡은 목욕탕과 큰 차이가 없고 오히려 더러우면 더럽지 깨끗하지는 않다. 계절이 농번기인 탓도 있지만, 욕객은 5, 6명, 남녀 도합(모두) 십수 명의 한적한 상태였다. 면민은 무료로 출입한다. 그러니까 회사 측에선 오히려 채산(採算, 수입과 지출을 맞추어 계산함. 또는 그 계산 내용)도 안 된다고 한다. 그러나 수질이나 수원만은 매우 우수하여 돌 틈에서 물이 솟는 못가에 나가 나는 날마다 달걀을 삶아 먹었다.

아는 이의 안내도 있고 하여 나는 양덕에서 1박을 한 후 석탕지에 도착해 2층이 있는 내지인(內地人, 그 고장 사람) 여관에 투숙하였는데, 식사 같은 것도 보잘것없을 뿐만 아니라 방도 노래기가 들끓고, 논밭에서는 밤이 새도록 개구리가 울고…남포등 밑에 책을 펼쳐놓고 나는 때때로 우심(尤甚, 매우 심함)한 고독에 붙들렸다. 시골임에도 닭은 물론 천어(川魚, 냇물에 사는 물고기)도 없었다. 할 수 없이 '간즈메(통조림)'를 질리도록 먹어야 했고, 때때로 동민을 찾아 구탕(狗湯, 보신탕)을 먹으러 나서지 않으면 안 되었다. 그러나 그것 역시 장맛이 시원치 않을 뿐만 아니라 고명이랄 고명이 없어서 웬만하면 음식 타박을 하지 않는 이가 아니면 가히 즐길 수 없을 정도였다. 그래도 동리(마을) 청년 ― 그중에는 이발사와 화물자동차 운전사 및 조수, 불량 기운이 있는 딸을 가진 파락호(재산이나 세력이 있는 집안의 자손으로서 집안의 재산을 몽땅 털어먹는 난봉꾼) 등이 있었다. ―들과 비 오는 밤 고개를 넘어 개장과 술에 취해 수심을 부르며 숙사(숙소)로 돌아오던 정취는 지금까지도 잊히지 않는다.

내가 묵었던 여관은 한때 '전월여관(田月旅館)'이라는 이름으로 불렸을

만큼 논 속에 서 있는 함석지붕의 '바라크(baraque, 허름하게 임시로 지은 작은 집)'
같은 곳이었다. 그러나 탕지에 오르는 연기 같은 김에 서린 수풀과 논두
렁과 노천탕 고개 위에서 돋는 달을 바라보며, 개구리의 울음을 듣는 맛
은 아무 데서나 맛볼 수 있는 흥취가 아니었다. 이런 밤이면 밤 춘정(春情,
남녀 간의 정욕)에 들뜬 청년들은 여관 계집을 쫓아다니며 맥주잔을 기울이
느라 몹시 바쁜 모양이었다. 이발소는 동리 방송국처럼 되어서 머리가
흐리멍덩할 때 낡은 의자에 누워 면도하면서 구구한 신문과 잡지에 귀를
기울이고, 욕탕에 가서 잔등의 신경통을 터는 맛 역시 제법 그럴듯했다.

때때로 고독을 이기기 힘들 때면 '트럭'을 얻어 타고 대탕지로 나가서
친구와 함께 하룻밤 주연(酒宴, 술잔치)을 베풀거나 운전대에 올라앉아 수
해(樹海, 숲)를 달리는 맛 역시 좋았다. 특히 양덕은 온천 외에도 송림(松林)
이 명물이어서 가을이면 송이가 유명하다. 일전에 시골에 있는 조카아
이가 푸른 솔잎을 덮고 두렁이('두루마기'를 일컫는 함경도 사투리)에 넣어서 소
포로 보내줘 하룻저녁 가을 향기를 시식한 적이 있는데, 지금쯤 양덕온
천은 송이 따기가 한창일 것이다.

이런 것을 생각하면 지금이라도 당장에 여장을 꾸려가지고 양덕으로
달려가고 싶다.

아침 온천을 한탕 하고 마음 맞는 친구와 부인네들과 쌍을 지어 깊숙
이 송림을 헤매며, 송이 사냥을 하다 돌아와서 저녁녘에 다시 하루 동안
의 피곤을 탕에서 씻은 후 송이볶음을 상에 놓고 따끈히 잘 데운 술잔으
로 깊어가는 가을밤을 즐기는 모습을 상상만이라도 하여보라!

겨울엔 멧돼지와 꿩 사냥으로도 유명하니, 아직 알려지지 않은 양덕이 교통의 편(便, 편의. 즉, 형편이나 조건 따위가 편하고 좋음)을 얻게 되는 날, 나는 전 조선에서 일 위를 점하는 온천이 될 것임을 믿어 의심치 않는다.

___1939년 《조광》 12월호 〈온천장 순례기〉 특집

___김남천

카프 해소파의 주도적 역할을 하였고 사회주의 리얼리즘 논쟁에 대해서 러시아의 현실과는 다른 한국의 특수상황에 대한 고찰을 꾀해 모럴론·고발문학론·관찰문학론 및 발자크 문학연구에까지 이르는 일련의 '리얼리즘론'을 전개하였다. 대표작으로 장편 〈대하〉, 중편 〈맥〉 등이 있다.

금강산 정조

__ 현진건

수주(樹州, 시인 변영로의 호) 대형(大兄, 편지글에서, 친구 사이에 상대편을 높여 이르는 이 인칭 대명사)!

금강산 이야기를 쓰라는 명령이 지중하온지라 붓을 들기는 들었사오 다만, 하루하고 또 반나절 동안을 꿈속같이 다녀왔으니, 무슨 두고두고 우려낼 건덕지('일의 근거'를 일컫는 경상도 사투리)가 있사오리까. 휘둥대둥(대강 을 추리는 정도로) 색책(塞責, 책임을 면하기 위하여 겉으로만 둘러대어 꾸밈) 삼아 몇 줄 끼 적거리는 것을 눌러보아 주실는지요?

수주 대형! 금강산이란 쉽게 말하면 암석 세계라 할까요. 곧 돌로 이룩 한 조그마한 우주입디다. 이 돌이 큰놈은 어마어마하게 하늘을 떠받드 는 헌헌장부(외모가 준수하고 풍채가 당당한 남자)도 되고, 아름다운 놈은 흰 치맛 자락을 거듬거듬(흩어져 있거나 널려 있는 것들을 대강 자꾸 모으는 모양) 춤추는 미인도 됩니다. 의젓한 부처님, 동탕(動蕩, 얼굴이 두툼하고 잘 생김)한 신선, 흉물스러운 짐승들이 온통 돌로 깎고 새기고 저며진 것이외다.

여기 맑고 맑은 물이 갖은 재롱과 아양을 떨며 흐릅니다. 물은 비록 물일망정 여느 물이 아니요, 여기 아니고는 도저히 구경할 수가 없는 물이외다. 그 물빛이란! 희다 할까 푸르다 할까. 쪽을 풀어낸 듯하다면 너무 진할 것 같고 옥색이라 하기엔 너무 심심합니다. 초록빛이라면 연연한 것은 그럴싸하지만 그냥 초록도 아닙니다. 맑다고 하였지만, 그냥 맑은 것은 아니외다. 아모런(전혀 어떠한) 세상의 보통 물로는 적이 상상하기가 어려울 지경입니다. 차라리 깨끗한 공기에 견주는 것이 근사할 듯. 공기가 엉기고 서리었다는 것이 상상이라도 방불(거의 비슷함)할 것 같습니다. 맑고 맑게 갠 가을빛에나 비길까요.

과연 이 물은 여느 물이 아니요, 이 돌 세계의 공기인 듯도 싶습니다. 숨결인지도 모릅니다. 이렇듯이 맑고, 이렇듯이 깨끗한 것은 한 줌의 티끌도 섞이지 않은 탓일까, 돌의 생김생김과 앉음앉음을 따라 이 물은 눈보라로 휘날리고 구슬같이 구르며 폭포가 되고 시내가 되고 못도 되고 늪도 되었지만, 그 담긴 그릇이 돌인 것은 물론입니다. 물에서 스며나는 이 물이니 이 돌 세계의 숨결일시 분명하지 않습니까.

수주 대형! 돌 세계라 하였다고 아주 흙 한 줌이 없고 울창한 수풀이 없는 것은 아니외다. 그러나 그것은 고명이요, 양념일 따름이외다. 낙락장송이 뻗디디고(발에 힘을 주고 버티어 디딤) 선 데도 또한 반반한 바위외다. 공중에 매달린 듯한 새둥우리(새둥지. 짚이나 나뭇가지 따위를 이용하여 만든 새의 보금

자리) 같은 암자들도 의지간('어쨌건'의 경상도 사투리)은 역시 위태위태한 돌이외다. 만폭동을 끼고 비로봉을 넘고 구룡연, 옥류동을 돌아 만물상밖에 둘러보지 못한 짧은 행정(行程, 어떤 목적에 따라 정하여진 길)일망정 엄청난 돌의 재조('재주'의 원말)에 놀랄 뿐이었습니다.

수주 대형! 예가지 와서 새삼스럽게 애절하게 느낀 것은 향수이외다. 하루 반이란 짧은 날짜요, 그 좋은 산과 경(경치)을 보면서 향수를 느끼다니, 속물이란 할 수 없다고 웃을 이는 웃으리다. 그러나 이 향수란 좀 더 넓고 막연한 의미를 가졌습니다. 꼭 집어 말하기는 거북하외다(어색하고 겸연 쩍어 편하지 않음)마는, 어쩐지 아득한 내 마음의 고장이 그리워집니다그려.

이 향수는 어디서 오는 것인가. 첫째로 우리네 유산객(산으로 놀러 다니는 사람)을 만날 수 없는 일이외다. 내외 금강 백 수십 리를 휘둘러 다녔지만, 우리 흰옷 입은 친구란 새벽하늘의 별보다도 더 드물고 귀하였습니다. 치성 드리러 온 아낙네 몇 분과 한두엇 마주쳤을까. 이와 반대로 동경·대판(大阪, 오사카)서 온 학생들과 구경꾼들은 거의 길에 널렸습디다. 빼어난 코에 푸른 눈자위를 굴리는 축들도 많이 만났습니다. 등으로 만든 들 것에 담겨 건들건들하는 꼴도 장관이려니와 안 가슴패기와 부르걷은(옷의 소매나 바지를 힘차게 걷어 올림) 팔뚝의 누런 털이 숭숭한 흰 살이 볕에 달아 이글이글 불같이 타오르는 것은 정말 싱싱해 보입디다.

수주 대형! 전에 한 번 보셨다니 잘 아시려니와 금강산 명물로 외나무다리가 한 몫을 볼 것이외다. 절벽과 절벽 사이에 맑은 흐름을 꿰뚫고 척척 걸쳐진 장목 다리. 자연 그대로 별로 기교를 부리지 않은 이 다리야말로 순박한 조선의 풍치와 심산미(深山美, 깊은 산의 아름다움)를 돋울 것 아닙니까. 그러나 이런 다리는 지금도 더러는 남았습니다마는 사람 발자취가 잦은 곳에는 대개는 야살스러운(보기에 얄망궂고 되바라진 데가 있음) 화장을 하고 말았습니다. 여관에 들어도 구수한 숭늉 한 대접 얻어먹을 수 없습니다. 길목에 찻집이 늘어섰지마는 깍쟁이 찻잔에 미적지근한 노랑 물은 억지로 권하되, 시원한 냉수 한 사발 떠다 주는 이 없습니다.

수주 대형! 조선의 금강산이 세계적으로 출세하는 것은 물론 좋은 일이외다. 그러나 조선의 독특한 문화와 향기와 풍치를 잃지 않는 곳에 그 가치가 더욱 큰 것 아닐까요. 한심한 일이외다. 그러나 할 수 없는 노릇이외다. 이러고야 향수를 느끼는 이, 나 하나뿐이겠습니까. 그래도 조선의 정취가 남았다면 무수한 고찰을 들겠지요마는 그도 벌써 유난스러운 펭키(페인트) 단청에 보는 눈이 쓰라릴 지경이외다.

하다못해 우리네에게 끼친 자취라고는 그 좋은 암석에 굼벵이 기어간 자국 같은 그 성명(姓名, 성과 이름을 아울러 이르는 말)과 초라한 여관이 있을 따름이외다. 다른 나라 사람이 이렇게 쏘다녀야 그들의 성명을 새긴 돌 한 조각 보지 못하였습니다. 기념으로 비를 세우고 나무를 심을지언정, 자연물을 깎고 저미는 천착(생김새나 행동이 상스럽고 더러움)하고 각박한 짓은 하지 않은 모양이외다. 참으로 제도(提導, 잡아 이끎)할 수 없는 인간들이외다.

수주 대형! 되지도 않은 글이 길기만 했습니다. 끝으로 한마디 할 것은 우리 부인네도 등산열(등산에 대한 열의)이 좀 있었으면 하는 것이외다. 마지막 날 만물상을 올라가는데 현해탄을 건너온 부인네 두 분과 동행이 되었습니다. 도중에 우리는 비를 만났습니다. 그들의 사치한 옷이 비의 세례에 말도 안 되게 되었습니다마는, 그들은 기어이 가는 길을 돌아서려 하지 않았습니다. 나중에 빗물에 젖은 옷이 무거워지니까 그대로 웃옷을 벗어버리고 갈 길을 재촉합니다. 삼십 전후의 아직 젊은 여성들이었건만 속옷 바람을 조금도 부끄러워하지도 않거니와 그 값비싼 옷이 버려지는 것도 돌아보지 아니합니다.

"예까지 온 담에야 끝까지 가 보아야지요."

하고 방싯방싯 웃어가며 미끄러운 돌을 그대로 타올라서 마침내 귀면암 꼭대기까지 오르고 맙니다. 나는 그 씩씩한 의기에 놀랐습니다. 마지막엔 속옷까지 비에 젖어 사족(四足, '두 팔과 두 다리'를 속되게 이르는 말)을 놀릴 수 없게 되고 볼썽도 매우 사나웠습니다. 그래도 그들은 조금도 괘념치 않고 운소(雲霄, 구름 긴 하늘)에 빼어난 칼날 같은 봉우리에 감탄과 호기의 눈을 번쩍이었습니다. 그래서 우리 부인네도 이만한 용기와 의기가 있었으면 하였습니다. 이만 줄입니다.

_1935년 10월 《신가정》

___ 현진건

김동인, 염상섭과 함께 사실주의적 단편소설의 모형을 확립한 작가로, 사실주의 문학의 개척자로 평가받고 있다. 특히 아이러니한 수법에 의해 현실을 고발하고 역사소설을 통해 민족혼을 표현하고자 했다. <빈처>로 인정받기 시작했으며 <백조>, <타락자>, <운수 좋은 날>, <불> 등을 발표하였다.

해변단상

__노천명

넓은 바다, 푸른 물결이 그리워 바다를 찾았다. 아우성치는 세상을 떠나, 하얀 명주 모래 위에 7월의 푸른 하늘과 새파란 바다를 벗 삼고, 고단한 나의 영(靈, 영혼)을 대자연 속에 자유롭게 놓아주었다.

푸른 물, 흰 모래, 새빨간 해당화…. 이 모든 것은 고달픈 나의 마음에 평온한 안식을 가져다준다. 그윽하고 인자한 대자연의 품을 떠나, 나는 왜 그 거리를 다리 아프게 헤매어 무엇을 얻었을까. 진실이 진실을 맺는다는 것은 거짓이요, 선이 선을 낳는다는 것 역시 믿지 못할 말이란 것밖에 내가 깨달은 것은 없다. 선한 싸움을 하다가 "낙심하지 마라. 때가 되면 거두리라."는 그이의 말씀을 그대로 끝까지 믿어야지. 때가 아직 멀었다고는 하지만, 내 영혼이 지칠 때까지 나는 이 싸움을 계속해야 할 것이다.

밀려들었다 밀려 나가는 물결은 물가의 모래를 말없이 씻어낸다. 그 누구의 발자국인고? 물결에 씻겨 없어지네. 인생이란 결국 물가의 모래 위에 써 놓고 가는 허무한 기록인가. 하지만 그것은 바닷물에 씻기고 또 씻기는 동안 흔적도 없이 사라지고 말 것이다. 그런 것을 우리는 좀 더 크게, 좀 더 길게 써 놓고 가려고 애쓰며 허덕이고 있지 않은가. 그리고 울며 웃는 인간들―이 세상은 가면무도회! 너도, 나도, 그도, 저도 탈바가지를 쓴 채 춤을 춘다. 그중 탈바가지를 가장 잘 쓴 자만이 결국 성공한다는구나.

모래 물을 스쳐 내리는 그윽한 물소리, 신비한 침묵의 속삭임이여! 넓고 둥근 이 하늘 밑에서 사람들은 왜 공평하지 못하며, 넓고 넓은 저 바다를 보는 이 마음은 왜 저처럼 넓지 못한가? 발부리에 한 포기 새빨간 해당화! 이 아름다운 꽃을 보는 이 마음은 왜 그처럼 아름답지 못하며, 보드랍고 순결한 흰 모래를 사랑하는 네 마음은 왜 이다지도 거칠고, 그처럼 순결하지 못하단 말인가? 인간의 어떤 채찍도, 어떠한 형벌로도 감히 나를 울리지 못할 것을, 말 없는 대자연에 내 영이 접할 때 떨어지는 눈물을 나는 어찌할 수 없다.

나는 모래 위에 참 진(眞)자를 쓰고는 닦고 또 닦고 또다시 써 보았다. 모든 것이 의문이다. 영원한 의문이다. 그렇다면 여러 개의 작은 의문표를 한 큰 의문표로 나타낸 것이 인생이런가.

해가 지는 줄도 몰랐더니, 어느덧 바다 위에는 두둥실 달이 떴다. 반짝이는 별님은 용궁의 아가씨들을 꾀어내려고 새파란 눈을 깜박거린다. 무거운 침묵에 바다도 잠기고, 해당화의 새파란 꿈도 깊어 가는데, 물가 갈매기의 구슬픈 소리는 이름 모를 객의 심사를 속절없이 돋우어준다.

__**발표 연도 미상**

백 석

19세의 나이로 《조선일보》에 단편소설 〈그 모(母)와 아들〉을 발표하면서 문단에 데뷔하였다. 방언을 즐겨 쓰면서도 모더니즘을 발전적으로 수용한 시를 주로 발표하였다. 지방적·민속적인 것에 집착하며 특이한 경지를 개척하는 데 성공했다. 주요 작품으로 시집 《사슴》, 《고향》 등이 있다.

한용운

민족대표 33인 중 불교계 대표로 3.1 독립선언을 이끌었다. 시집 《님의 침묵》을 출판하여 문학을 통한 저항운동에 앞장섰으며, 일제 치하 어용의 길을 걷던 무능한 조선 불교를 개혁하는 등 불교의 현실참여를 주장하였다. 주요 저서로 《조선불교유신론》, 《님의 침묵》 등이 있다.

이태준

근대를 대표하는 단편소설 작가. 특히 단편소설의 서정성을 높여 예술적 완성도와 깊이를 높였다는 평가를 받고 있다. 구인회에 가담하였고, 이화여전 강사와 《조선중앙일보》 학예부장 등을 역임하였다. 주요 작품으로 수필집 《무서록》과 문장론 《문장강화》 및 다수의 소설이 있다.

최서해

신경향파의 대표적 소설가. 몇 명의 엘리트의 눈으로 바라본 일부의 삶이 아닌 실제 체험을 통한 대다수 극빈층의 생활상을 날카롭게 표현해 그들의 울분과 서러움을 적나라하게 드러내고 있다. 이에 그의 문학을 '체험문학', '빈궁문학'이라고 일컫는다. 주요 작품으로 〈탈출기〉, 〈홍염〉 등이 있다.

이효석

근대 한국 순수문학을 대표하는 소설가. 1928년 《조선지광》에 단편 〈도시와 유령〉을 발표하면서 등단하였다. 한국 단편문학의 전형적인 수작이라고 할 수 있는 〈메밀꽃 필 무렵〉을 썼다. 장편 〈화분〉 등을 통해 성(性) 본능과 개방을 추구한 새로운 작품 및 서구적인 분위기를 풍기는 작품으로 주목받았다.

김상용

《남으로 창을 내겠소》로 잘 알려진 시인. 8·15 광복 후 미 군정에 의해 강원도 도지사에 임명되었으나 며칠 만에 사임하고 이화여자대학교 교수로 복귀 후 미국으로 건너가 보스턴대학에서 영문학을 연구하고 돌아왔다. 주요 작품으로 〈그러나 거문고의 줄은 없고나〉, 〈남으로 창을 내겠소〉 등이 있다.

강경애

1931년 잡지 《혜성》에 장편 《어머니와 딸》을 발표하면서 등단하였다. 특히 1934년 《동아일보》에 연재한 《인간문제》는 노동자의 삶을 예리하게 파헤쳐 근대소설사에서 빼놓을 수 없는 작품으로 평가받고 있다. 주요 작품으로 단편 〈지하촌〉, 〈채전〉 및 장편 《소금》, 《인간문제》 등이 있다.

김동인

간결하고 현대적 문체로 문장 혁신에 공헌한 소설가. 최초의 문학동인지 《창조》를 발간하였다. 사실주의적 수법을 사용하였고, 예술지상주의를 표방하며 순수문학 운동을 벌였다. 주요 작품으로 〈배따라기〉, 〈감자〉, 〈광염 소나타〉 등이 있다.

채만식

민족이 처한 현실을 풍자적이고 해학적으로 표현해 풍자소설의 대가로 불린다. 계급적 관념의 현실 인식 감각과 전래의 구전문학 형식을 오늘에 되살리는 특유한 진술 형식을 창조했다. 주요 작품으로 단편 〈레디메이드 인생〉과 〈태평천하〉를 비롯해 장편 《탁류》 등이 있다.

이 상

현대 문학을 논할 때 결코 빼놓을 수 없는 시인이자, 소설가, 수필가, 모더니즘 운동의 기수. 건축가로 일하면서 수많은 작품을 발표하였으며, 전위적이고 해체적인 글쓰기로 한국 모더니즘 문학사를 개척하였다. 주요 작품으로 소설 〈날개〉를 비롯해 시 〈거울〉, 〈오감도〉 등 수많은 작품이 있다.

김기림

한국 모더니즘을 대표하는 시인이자 평론가. 주지주의 문학을 국내에 소개하는 데 앞장섰다. 특히 이상, 백석, 정지용 등은 그의 평론으로 인해 이름을 널리 알리게 되었으며, 그중 이상과는 사이가 각별했던 것으로 알려져 있다. 주요 작품으로 시집 《기상도》와 《태양의 풍속》, 평론집 《문학개론》 등이 있다.

노자영

《백조》 창간 동인으로서 작품활동을 시작하였고, 잡지 《신인문학》을 창간해 후진 양성에도 힘썼다. 특히 시와 수필에 있어서 소녀적인 센티멘털리즘으로 일관하여 자신의 시에 '수필시'라는 특이한 명칭을 붙이기도 하였다. 주요 작품으로 시집 《처녀의 화환》을 비롯해 서간집 《나의 화환》 등이 있다.

계용묵

단편 〈상환〉을 《조선문단》에 발표하면서 문단에 등장했다. 〈최서방〉, 〈인두지주〉 등 현실적이고 경향적인 작품을 발표했으나 이후 약 10여 년 간 절필하였다. 《조선문단》에 인간의 애욕과 물욕을 그린 〈백치 아다다〉를 발표하면서부터 순수문학을 지향하는 일관된 작품 경향을 유지했다.

이육사

시인이자 독립운동가. 본명은 이활이며 개명하기 전의 이름은 이원록 또는 이원삼이다. 육사는 그의 아호로 대구형무소 수감 생활 중 수감번호였던 264에서 따왔다. 1930년 《조선일보》에 〈말〉을 발표하면서 문단에 등단하였고 시인부락, 자오선의 동인으로 활동하였다. 유고시집으로 《육사시집》이 있다.

방정환

한국 최초의 순수 아동잡지 《어린이》의 창간하고, 1921년 '어린이'라는 단어를 공식화하며, 1923년 5월 1일 한국 최초의 어린이날을 만들었다. 이후 '세계아동예술전람회'와 '구연동화회'를 만드는 등 아동문학가 및 사회운동가로 활동했다. 주요 작품으로 《사랑의 선물》과 사후에 발간된 《소파전집》 등이 있다.

노천명

이화여전 재학 중 시 〈밤의 찬미〉, 〈포구의 밤〉 등을 발표하였고, 그 후 〈눈 오는 밤〉, 〈사슴처럼〉, 〈망향〉 등 주로 애틋한 향수를 노래한 시를 발표하였다. 널리 애송된 대표작 〈사슴〉으로 인해 '사슴의 시인'으로 불린다. 주요 작품으로 시집 《산호림》과 《별을 쳐다보며》, 수필집 《산딸기》 등이 있다.

이익상

이상적 사회주의를 지향했던 지식인 작가. 《개벽》에 〈예술적 양심을 결여한 우리 문단〉을 발표하며 문필활동을 시작했으며, 카프(KAPF)의 발기인으로 참가했다. 주요 작품으로 〈어촌〉, 〈흙의 세례〉, 〈젊은 교사〉 등이 있다. 《동아일보》 학예부장, 《매일신보》 편집국장과 이사 등을 역임했다.

여운형

호는 몽양. 1918년 중국으로 건너가 신한청년당을 만들었고, 파리 강화 회의에 우리나라 대표로 파견되기도 했다. 《조선중앙일보》 사장 재직 당시에는 올림픽에서 우승한 손기정 선수의 사진에서 일장기를 지운 뒤 보도한 '일장기 말소 사건'을 주도했다. 2008년 건국훈장 대한민국장이 추서되었다.

김남천

카프 해소파의 주도적 역할을 하였고 사회주의 리얼리즘 논쟁에 대해서 러시아의 현실과는 다른 한국의 특수상황에 대한 고찰을 꾀해 모럴론·고발문학론·관찰문학론 및 발자크 문학연구에까지 이르는 일련의 '리얼리즘론'을 전개하였다. 대표작으로 장편 〈대하〉, 중편 〈맥〉 등이 있다.

현진건

김동인. 염상섭과 함께 사실주의적 단편소설의 모형을 확립한 작가로, 사실주의 문학의 개척자로 평가받고 있다. 특히 아이러니한 수법에 의해 현실을 고발하고 역사소설을 통해 민족혼을 표현하고자 했다. 〈빈처〉로 인정받기 시작했으며 《백조》, 〈타락자〉, 〈운수 좋은 날〉, 〈불〉 등을 발표하였다.

오직 나를 위한 하루

초판 1쇄 인쇄 2017년 8월 24일
초판 1쇄 발행 2017년 8월 31일

지은이 이상, 백석, 이효석 외
발행인 임채성
디자인 산타클로스

펴낸곳 도서출판 루이앤휴잇
주　소 서울시 양천구 목동 923-14 드림타워 제10층 1010호
전　화 070-4121-6304　　　　　**팩　스** 02)332-6306
메　일 pacemaker386@gmail.com
블로그 http://blog.naver.com/asra21
포스트 http://post.naver.com/my.nhn?memberNo=6626924

출판등록 2011년 8월 30일(신고번호 제313-2011-244호)

종이책 ISBN 979-11-86273-39-5　　　03810
전자책 ISBN 979-11-86273-40-8　　　05810